U0949932

水墨人间

赵依依／著

黄河出版传媒集团
宁夏人民出版社

图书在版编目（CIP）数据

水墨人间 / 赵依依著. — 银川 ：宁夏人民出版社，2019.6
ISBN 978-7-227-07057-3

Ⅰ. ①水… Ⅱ. ①赵… Ⅲ. ①游记—作品集—中国—当代②诗集—中国—当代 Ⅳ. ①I217.2

中国版本图书馆CIP数据核字（2019）第165346号

水墨人间　　赵依依　著

责任编辑　姚小云
责任校对　陈　晶
装帧设计　孟　菲
责任印制　肖　艳

黄河出版传媒集团
宁夏人民出版社　出版发行

出 版 人　薛文斌
地　　址　宁夏银川市北京东路139号出版大厦（750001）
网　　址　http://www.yrpubm.com
网上书店　http://www.hh-book.com
电子信箱　nxrmcbs@126.com
邮购电话　0951-5052104　5052106
经　　销　全国新华书店
印刷装订　长沙鸿发印务实业有限公司
印刷委托书号（宁）0014335

开本　880mm×1230mm　1/32
印张　5.75
字数　150千字
版次　2019年8月第1版
印次　2019年8月第1次印刷
书号　ISBN 978-7-227-07057-3
定价　68.00元

版权所有　侵权必究

序

一般而言，那些出众非凡的人都不是折中主义者。

坚持是个可怕的事情，它决定着一个人的人生轨迹、方向和最后到达的地方，甚至，包括爱与睡眠。

同时，还有一个人的气质。

依依就是这样一个具有令人倾心气质的女子，这背后，有坚持，更有她的诗文。

不得不说，如今的传统文化流行趋势大有江河日下之感，新上舞台的多是短视频，精小文案等。虽是潮流，但看着日渐衰微的中华古典文化，难免有一声慨叹。

幸遇依依，当今能有对古诗词如此驾驭程度的文艺女青年，实属不易。“十万狂花如梦寐，一片冰心在玉壶”。任凭外部世界如何绚烂变幻，她一直在诗意之中幽居，走过千山万水，不改如斯初心，坐而论文，恍惚之间令人感到谢道韫、李清照的风气再现，让人欣喜赞叹。

作者游历颇丰，借景抒情言志，用些许游记感悟来传播古典情怀，每篇文章后续一首应景诗词，算得独一份的别致。而这些诗文，如苹果花丛的薄雾，金黄的落叶堆满我心间，带给我惊心的感动，深切的热爱。

愿以本书，助力传统文化多一份延续，愿更多人对诗词文化多一份热爱。

因为有诗文，有依依，所以，人间是值得的。

庹　政

2019年4月

【目录】

【散文】

【诗词】

【散文】

独舞与钢琴

家里的钢琴总是蜷缩在角落，没有别的角落配得上它，因为它太冷，我只好用了一块紫色的天鹅绒布给它避寒。冬日过境的时候它会舒服很多，也许能感受到我的一丝照顾，只是暑夏就辛苦很多了，不过好在它也不会汗流浃背地想吹空调，否则它独自在家时电费是会让人惆怅的。

每次友人来访，总会调笑一番，他们说："搭配得这么丑，掩住了它的才气，一点都不可爱。"甚至有时候还会自带一些蕾丝花边的布料来妄图换上，岂不是把它当成了芭比娃娃？

我是生气的，不过生气倒不是因为被换上的蕾丝花边，是因为友人说的"它"的才气，而非本女

子。着实让人气闷，真是恼人。

自从钢琴换上新装以后，的确可爱了许多，似乎在墙角也不是蜷缩的态度了，慢慢地挺直了腰，头也抬了起来。家里要是萦绕起柴可夫斯基的《天鹅湖》，它可能还得踮起琴腿跳一支。可能也是因为这个缘由，我也新鲜了起来，多亲近了它几次，让它再次感受到了主人已经不太流畅的关怀。

说来可敬，虽然平日里呆若木鸡，到了一显身手的时候它也能不错过时机。儿时一次儿童节日，硬是把它搬到了舞台上作为全校表演的嘉宾，着实风光了一把。可惜风光并不是因为它的演出，而是舞台一盏柱灯不慎倒下，砸在了它的身上，让它身后两人幸免于难。没有锦旗，也没有奖状，仅留下两位同学家长握手时的一句道谢和它身上的一道划痕。

平淡总是深厚而富有情味的，它若总是独自闲在商场里，也挺无味的，但与我的生活就总是这样平淡的。它身上的伤痕，就总是在娓娓地讲述着好多我们的过去。

后来，求学，工作，到了欧洲，与家的距离日渐增远，对它的关爱也日渐稀疏。在家人时而传来的影像里还能隐隐见到它，家人不时地搁置一些闲物在它身上，日子过得越发挤了，好似退休生活里常伴着花草鱼虫一般，它也在自己身上养了两条金鱼和一堆绿萝，看起来倒是闲情逸致的样子。

不过视频里，它背影却孤寂，黯淡了好多，独坐在墙角的姿态虽然尚无大恙，但总是担心的。音准有没有跑掉，木质有没有变形，按键可还灵光？每当想起同在异乡独身一人的无助，总是疼它万分。

儿时的磨炼，成长的陪伴，友人的调侃，每个时光在记忆里都历久弥新，总是有你我的身和音，也总有将你搬回家那人的笑貌。

或许，你的记忆早已不清晰了，那天，我对你说：“你好，我叫独舞，你叫钢琴。”

独灯耀乐台，
舞醉一人怀。
钢奏手中乐，
琴开心间霾。

黄粱公主

女人偶然会有些公主的想象，公主自然是常束之高阁的，冷凝又美艳，对待仆人却也是不常用眼睛直视，语言也只用祈使句，不用敬语。总是端坐着看书，目不斜移，伸出玉手“给我苏打水”，而后需要立即有苏打水轻轻递到公主手中，让一位公主举着手等很长时间是非常失礼的表现。王侯以上家庭的女儿总是会答一声“谢谢”，目光也是不能移开书本的。礼仪如此，才有一点公主的气度。

饭食餐饮，公主自是不可亲自下厨的，或早午，或早晚，两餐是避免不了的，就餐之前，需要有人礼问：“小主午时可愿一品鲜味？”小主应道：“报来。”于是下人朗声报出三凉三热，三素三荤，一饭一汤。公主柳眉微蹙，点出两个不爱的凉菜一个味重的荤菜撤去，才得以将饭食送入闺房，丫鬟铺桌设椅，摆菜盛汤，一切妥当后，公主这才轻移莲步，落座席前，款动银筷，尖着筷头挑选一些近身的菜品细嚼慢咽。王侯以上家庭的女儿总是会唤一声“翠儿来一并用餐”，丫鬟欢喜地这又变出一副普通碗筷，立

在一旁，一边给小主吹热捂凉地夹菜，一边趁着空当自己吃上一两口。礼仪如此，才有一点公主的气度。

衣裳穿戴，也不可不考究。通常情况，上衣、下裳、足下鞋，各自应有一番天地，衣分内外，应各占一柜。衣有礼、仕、闲、动、趣等类。宴席重事谓之礼，工作商务之为仕，生活交友谓之闲，运动健体是为动，情感辅具则是趣，各类内外衣门类分清，区域划明，便于依照不同场合便于取用。裳有裙、裤之别，应对衣的搭配要有“一五一十”原则，一种裤型应配五类衣款，而一种裙型应配有十类衣款。裙、裤种类，依长则配有长、中长、中、短、超短、极短类，依所用，则应照上衣的分法，“礼、仕、闲、动、趣”，每一类配五至十款裙、裤则可。至于鞋，虽为公主，但也愿意参照韩信将军的带兵之法“多多益善”，且不论柜子，单建一两间宅院专用来展鞋也是极好的。因为礼仪如此，才有一点公主的气度。

妆容事宜，更是胜比千金。何因如此？西汉武帝李夫人曰：“妇人貌不修饰，不见君父。”先贤教诲，我辈不忘。三百凤髻饰，七百金玉簪，千般美妆品，万种脂粉瓶，颜值父母命，美艳全靠勤。因为礼仪如此，才有一点公主的气度。

行文到此，有人叫好有人叫骂，我倒是忽然想到了有些友人与男友交往时倒是十分严格按照如此标准要求自己，且做得一丝不苟。只是辛苦了对方，同时分饰仆人、厨子、丫鬟、父亲等角，甚是命苦。

但话分两头，也为女性发声，女者本弱，有气度的男孩子也应多宠宠女孩，不过宠的是一个“值得”，不是“公主”。

因为，殊不知，前朝的公主“姓”叶赫，本朝的公主叫黄粱。

黄鹤高处万重楼，
梁稻家仓千里侯。
公子倾城百挑伊，
主恨梦醒十分愁。

惊　蛰

那一年，是冬，按理冬也是有万般美好的，按理凡美好的事物就不会眼望近前百副棺材，血泪洗面。可何以闭上眼，就总能感受到那夜的惊雷闪电，凌风夺人，屋外的妖枝鞭窗，众人嚣喊，朦胧还有幼儿的凄厉嘶啼，这一切放在任何电影里都是上好的恐怖题材，可它就在我的眼前，肆无忌惮。

下笔时还心有余悸，这又惊出了一身冷汗，赶忙找出一个披肩，惴惴地呆坐在沙发上，望着手中键盘不知从何敲起。

便是现在醒着，也分

不清那如梦如幻的场面到底是梦还是现实，一切太过真实，真实得太不像一场梦魇。

仿佛又置身在了法兰克福机场的那夜，雨中夹带好些锋利的冰碴，凛冽可憎的怪风，好似人手持冷雨冰刀胡乱砍割着一切挡在面前的平静。广告牌，汽车，树木以及不幸被迫外出的工作人员，都是它们下手的优质对象，绝无可能还手，也无法反抗，直到活物都放弃了遮挡，只一味妄图尽快结束这场屠戮，想要往前“奔跑”，却被狂风掀翻，连滚带爬地摔回起点。

肆虐成这般气候，时针早已甩开机票上的起飞时间大半圈了。便是在传闻国民素质最高的德国，候机厅里也一片哀鸿，抱怨和国骂的频率从开始零星几声的刺耳，逐渐转为三两句话间标点般的常事。今夜离开此地，必是奢望了。

此时的嘈杂瞬间变成远处的惊叫，而后一束面目狰狞的妖风带着雨雪冰刀冲杀进来，在门口一干毫无防备人的脸上留下些印记，然后狞笑着隐遁而去。

“有人跑出去了！”门口有人喊。大家瞬时也不顾整理被妖风蹂躏过的仪容，都怔怔地注视着刚才发了疯般夺门而出的老妇人。几名安保人员正拼命想打开老人抢出门时被风摔坏了锁扣的大门。老妇人却趴在地上转身冲众人大喊，妇人的声音显然远敌不过大自然，但看嘴型似乎在喊“不要出来”。

刚刚满嘴抱怨的众人此时也悄声下来，只剩下尚在撬门的刺耳声。慢慢地，撬门声也弱了。因为老妇人已经爬行挪动到一架飞机下方，摇晃着跪下，找了一个非正非斜的方位，跪拜了起来。这个诡异的举动让在场所有人都愣在当场。

“是祈祷暴风雪早点结束吗？”

“干吗不在屋里祈祷？”

……

如果那夜风雪在众人的点评和老妇人的祈祷中偃息，也该是一场有惊无险的美梦。

可，这只是噩梦的开始。

大家刚掀起新话题的热潮，可能因为德国人鲜于热闹，日常除了足球，难有如此的机缘能有上百陌生人聚众讨论一个话题，场面竟有了几分中国春节庙会的味道。

突然有个孩童的声音惊起：“妈妈，那是什么！？”而后就是一声清脆的女人惊叹：“我的天！”

母女身边的几人立即顺着她们惊恐的眼神望去，逐渐地，这种惊恐从母女四周弥漫开来，很快遍布了整个候机厅，几乎又是和刚才一样，所有人死寂般地望向同一个方向，这次不是门外的老妇人，是天上一架航灯不规则乱晃，隐隐正在翻滚的飞机。然而令人惊恐的是，这架飞机正向着候机楼的方向坠下。

“快离开这！！”又有人喊。

这句发令枪般的呐喊，使所有人疯也似的涌向门口，德国人的骄傲，绅士在这一刻都压缩成了鞋下的弹簧，只会让人跑得更快。奈何德国制造也在此时展现出了顶级水平，钢化玻璃门抗住了撬棍、灭火器和椅子的疯狂捶砸。这一刻，惊雷闪电，凌风夺人，屋外的妖枝鞭窗，众人嚣喊，朦胧中还有幼儿的凄厉嘶啼。

被壮汉们摔挤到了人群外的那对母女，似乎放弃了涌到门口的念头，已经移动到了一侧的玻璃墙旁，妈妈紧紧抱着女儿，扭头看了一眼门外的老妇人，那位已经站起身，看着候机楼微笑的老妇人。

梦魇到这里戛然惊醒，醒在老妇人的微笑里，醒在中国家中的床上，耳边静得出奇，眼前也没有坠机的火海，但这一切真实得发指，而且记忆也无法抹去……

在中国传统里，惊蛰是春的敲门声。愿梦里的这次冬响，只是预示世界之春的惊蛰吧。

几经梦魇初回，几惊秋炸雷，几境战火纷乱扰，几番恩仇陪。

对亦错，错亦错，何人评点何人过？

泪眼执看膝下魂，恨念起，众生堕。

菩提枯木化梅，一捧温土肥，本应生来无一物，何许妄称魁。

愿与书舞

像是拜会一位多年未谋面的故友，我不辞辛苦驱车千里，辗转两地，将若干本书，从深圳的五楼搬至楼下，复又从重庆新宅楼下搬上十楼。干得两臂发酸，满身尘土。

不曾闻见书香，因长期堆在阴暗处，有些书已散出霉味，纸张泛黄。初夏的山城，天气闷热，树荫下光斑点点，我抱着这些故旧般的书，在人潮如雨的街道，迎着路人异样的目光，像拥抱着故友，温暖而又亲切，几乎泪眼相望，又似乎在互诉衷肠。

刚踏进家门，便不顾辛劳用香皂将毛巾洗净，一遍遍地擦拭书上的灰尘。再细细地归类，一本本地摆进书柜里，抚平褶皱，摆放端正。我常有些小情趣，有些书柜爱用色调分类，对于内容毫无章法，仅用封底，将整面柜子画出红、橙、黄、绿、青、蓝、紫，一层层堆叠而上，另一面又反将而下，硬把书柜变成了画板，常导致找书时犯了难，半天也寻不到一本。

而这癖好会让处女座的人得上失心疯，因为重要书目必须按内容归类，个别命运多舛的书便会身陷色

彩绚丽的同时内容又硬核的尴尬境地，往往被迫再买上一两本，分别放在不同区域。

整整三天，书墙得以竣工，良久坐定，终于得以喘歇，环视这浩大工程，心中油然生出满足感。随手捧一本书，静静地读，一页接一页，一本又一本，不过多时，内心便已波澜不惊。

张潮《幽梦影》将人的少年、中年、老年读书分为三个境界，分别喻为隙中窥月、庭中望月、台上玩月。年少的我原来不懂这些，反正便觉得，读书似乎跟月有关，又无关风月。

母亲最是支持，最希望我们好好读书的。她管一切“学习”叫“读书”，无论是上课还是做题。现在犹能记起，每当我们淘气的时候母亲就会一声断喝：“读书去！”端的声色俱厉。那时，忙完一天的家务，夜幕降临，母亲常会拿起她的针线，一边为我们织毛衣，一边监督我们“读书”。一灯如豆，屋里便常昏黄不堪，偶有朗月透过老旧的玻璃洒在窗前，映衬着我们兄弟姐妹几人在窗前“读书”之态，母亲不会停下手中的针线，嘴角却会悄悄笑出弯钩来。我们在这里生活了十几年，儿时的衣服总是缝缝补补，书包也是一背五六年，家中唯独常有常换常新的，便是书。

如今，我们都离开了家乡，独留泛黄的旧书守着村落。前几年，老屋也已拆掉，不过数月新房便拔地而起。忽而感念儿时的记忆和青葱岁月又将安放何处？人事有代谢，猝不及防，令人惆怅，那些年月究竟留给了我们什么？是匣子里沉甸甸的名片堆，或也有沉淀于内心的那些底气。漂泊异乡，能让人在喧嚣时不争不辩，在恂恂中当仁不让的，便是老屋中那些当年随手扔在角落里的旧书，虽然现在连个旧纸片也难觅踪迹了。

儿时苦读的记忆是酵母，有太大的能量，能够诱发诸多感慨，潮湿氤氲，使人不能自拔。当我在千里之外的城市，沉沉夜幕里，铺上旧纸，蘸满墨，捧着《勤礼碑》提笔写字时，忽然想起了母亲，也想起了老屋，儿时的日子是那样的温馨。这记忆像刀又像酒，太过浓烈，只啜一口便已醉倒。像极了艰苦的大学时代，偶有荣获奖学金或好友生日时，众人簇拥下馆入阁，嬉笑间杯酒下肚，难免激扬文字，憧憬万户侯，年少的热血和薄酒混在一起，也像极了这一口便倒的思念。

而今岁月，从当初的雄姿英发，到现在的含蓄内敛，都说书生无用，穿越三千年时空隧道，却犹能幽幽听到《风》《雅》《颂》之音。《道德经》五千言，便是还要传唱五千年。颜鲁公死不从贼，赵普半部《论语》足使海晏河清，谁人会“栏杆拍遍”慷慨激昂，哪个懂“铁马入梦来”壮志难酬？值得一提的是高适，诗人成为一代名将，达到了书生的顶峰。剑胆琴心，简直是天衣无缝！便像陶潜一样，我已是在尘网中，此生不再希求“闻达于诸侯”。名与利，似乎止于如此，人生还需拥有什么？

对视满壁旧书，终于释怀。那些强加于士子身上的修、齐、治、平的枷锁。恐怕沾染得多了，鲜活的生命也像木偶般被钉在千百年来道德的十字架上，徒然供人瞻仰，这些东西不如眼前的“书”实在。纵然便是女儿身，我也不要一个读书人的“标签”以自我标榜，若然能够有幸，我愿只取一点“书生本色”。

有一橱书，灵魂便不再孤单，一本书给人一种思想，一橱书便是一群挚友。即使关山

难越，失意潦倒，夜半再不会孤枕难眠，灵魂便不再漂泊。有一橱书，品位就不会低下。爱读书之人，便不会坏到哪里。在浮躁的社会里，能够静下心来读书的人，应该是容易满足的，追求的也不会是身外之物。

任窗外是风花雪月，还是晓风残月，终归寂静自然。时光的脚步颇为急促，身后的灵魂已是踉踉跄跄，不再从容。“吹灭读书灯，一身都是月！”深夜，那些摇摇晃晃从酒肆中、那些双眼通红从赌局中走出来的人们，即使酒足饭饱或者口袋鼓鼓，那厚重的皮囊下也是干瘪的。昨夜值得回味吗?

居室不大，环视四周，有书一面，各种花几十盆，茶几一座。闲暇之时，斟清茶一杯，一书在手。外面的喧嚣，哭了、笑了都与自己无关。这是一种幸福，更是一种满足。

少年读书，如推开一扇窗，隙中窥月，或见晨星寂寥。诸如善良、坚韧、勇敢、知荣辱、思进取，那些生命中最坚硬的东西永远值得坚守。即使人到如此年纪，也必须保有进取的锐气，更要有舍得的底气。感谢这一点书生本色吧，它是书生辨识度最好的底色，也是最应该有的成色啊。

但愿，能历经岁月沧桑，归来仍是少年。愿与年华同辉，愿与书共舞。

漫行苏黎世

回到苏黎世的时候，已入夏，幸而这个全欧洲最富裕的城市落脚在阿尔卑斯山北部，气候并没有太恼人，若是如南部般又热又燥的，和回了北京也没什么两样，烈日和燥风能把面膜变成纸巾，到树荫下又能让人打起寒战，好在北部的苏黎世入了盛夏也难有那般酷暑天气。

初到苏黎世，通常最先踏上的土地是苏黎世火车站。在这仅有百万人的小城，火车站算是古色得很有气派了，同行的中国朋友下车赞道："这里小得很可爱啊。"引起了同车当地人的鄙夷，略带自傲地嘟囔："苏黎世可是瑞士最大的城市！"朋友抱歉地一缩脑袋，唯恐伤了欧洲人民的自尊，转头用中文说："在我们乡，这还真是算大的。"

苏黎世的富裕该是这颗星球最为内敛的，街上难见"new money"，国家般林立入云的玻璃大楼，也鲜有轰鸣的半人高跑车，话说至此，真不知这类浑身奇装、毫无舒适可言的跑车，和满背文身、喧嚷不已的社会人士有何区别。

苏地一切安静祥和，罕有轰鸣和违法，这也是此地可爱的地方。

用欧洲的苏杭来写意苏黎世更显可爱，漫步苏黎世湖金岸，不时湖边会蹦出一扇花蔓环绕的翠色拱门，或有两三朵鲜嫩欲滴的娇花点缀其上，诱人忍不住想进门观赏。这类庄园不收门票，却要收路人一份尊重，要是不吝向主人大加赞赏，表示尊崇，往往都能受到主人邀请参观。此时做一些惊喜姿态，顺势跟主人进园一览便可。跟中国人论世故，欧洲人还是小学生吧。

花园多是精致可人的，常常用一些低矮的灌木来迎客，它们往往被主人修得楚楚有致，排列在花园门口，让整体显得层次分明，这些灌木倒是挺懂得展示自己，既让花园曲径通幽，又让客人可以绕行观赏。有心的主人会在草坪上做些文章，用割草机推出或是斑马状，或是几何状的纹路，让不大的花园显得错落有致。

常听说瑞士的国花火绒草，一直非常向往，遗憾的是在苏黎世从没见过，倒是几乎每家花园里都点缀着牵牛花和天竺葵，感觉和中国有莫名的毗连，在异国他乡能见到家乡的物件，总是令人惊喜的。

花草只是苏地的前餐，作为欧洲首富，自是不光富在花园里，人文历史才是这座城市的财富。古城区和教堂做的苏黎世的建筑名片，霍夫大街、伦伟格街、尼德道尔夫大街与圣奥古斯丁巷组成了古城区。与中国不同的是，欧洲的古城区尚可称得上 “古”字，城龄一两百岁都还没过青春期，三五百岁往上的城邦也是俯拾皆是，可贵之处更在于如此历经几百年风雨屋宇里的人们仍欢谈如常，用每一天的新生活让这份古色古香的文化世代相沿。

沿立马特河岸至苏黎世湖而建的老城区非常有味道，整个城市的清晨往往被早市唤醒，在生活广场上整齐排列的早市摊位，向居民和游客们宣告一天的开始。没有沿街的叫卖，也没有喧嚣的讨价，偶尔能听见摊主轻轻晃动两下招牌式的铃铛招揽顾客，似乎为这一天开始的伴奏。

早市的品类更像国内的农贸市场，从鲜花、肉蛋奶到各类蔬菜、水果和日用品，一应俱全，每样东西都别致地插有一个小标牌，上面写着价格，有些可爱的老板也会写上一些祝福和有趣的段子。一家卖服装和小饰品的摊位，标牌上写“只离老街二百米，价格便宜二百元”，“选我回去，别看了，就说你呢”，很是让人忍俊不禁。

也正如广场早市的标牌所言，几百米外就是这座城市的经典所在。各条百龄老街的建筑内外都被粉涂得五彩缤纷，像位百岁老者比着剪刀手粉嫩卖萌。老街所有建筑都是精致小巧的，时常能看见类似于阳台的凸窗，被当地人称作艾尔卡。每户艾尔卡的装饰风格和布置都巧尽心思，各不相同，体现着屋主人的生活情趣和品位。老街的道路用光滑平整的鹅卵石铺就而成，不知承受了多少世纪的风雨磨砺，满是岁月的斑驳痕迹；也不知有多少电影留影在此，古到镜头中的中世纪，近到007系列，脚下的街道仿佛都默然经历，淡然静看这世间影像更迭。

漫步在不算开阔的街道里，弯曲周折中别有一番探幽的情致。欣赏着两旁各色的店铺也是妙趣横生，这里反而鲜有贯耳的国际大牌，更多的倒是本地家族品牌。有的看似门面紧凑的服装小店，已是四代经营，每月出售不到十套定制服装，淡季甚至一两个月只卖一套，一家人也喜气盈盈，幸福感满满的样子，好奇之余一打听价格，果然令人咂舌，两三套衣服就能换国内一套房，幸福感的确不低。想想身上随时穿着半套房也是压力不小的，赶紧溜了出来。

傍晚的苏黎世湖畔是马克·吐温笔下的天堂。橙红的晚霞捧着不舍的娇羞，落日徐徐西落，优雅信游的天鹅也侧颈欣赏着这幅仙景，湖镜完美描绘了自己身上的美色，不用相机，这一切自然地定格在此，久久不散。周末的湖岸，散布着留影这幅仙画的游客，更可爱的是醉心歌舞的当地居民。沿岸一步一乐团，流转的双人提琴合奏，古典吉他弹唱，也有三五名老者的爵士萨克斯，众人任意地围绕着乐队随摆，最浪漫的莫过神采奕奕的白发夫妇，音乐浪漫时携手慢舞，欢快时相伴踢踏或恰恰。

这幕舞台童话般的光景，在此地显得自然而流畅，立马特和苏黎世湖在此交汇，山峦在此连绵，两岸森林在此恬静，村庄和人民在此如画，映衬着阿尔卑斯落日身影的黄昏，我们在河边饮酒歌唱，躲进这画中不肯出来。想伴着立马特河的潮水声涌入人群跳舞，去山顶看流云和城市，夜晚爬上酒店的楼顶听马修·连恩的《布列瑟农》，听来自阿尔卑斯群山的呼唤。苏黎世的富裕与安宁，在此看来，更是人们内心的一种平静祥和吧。

苏黎世浪漫起来，真是咬人。

苏家古宅访新客，
黎众闲庭贺。
世间淡笔描重彩，
游闻风乐赫赫。

德　育

德意志总给人紧张感，常常诞生改变世界的哲学家、科学家，无论是严丝合缝的产品工艺，还是他们门无杂宾的社交圈子，总是有端坐之感。整个民族貌似逛街也踢正步，人人戴着一双橡胶手套，路上遇到幽默纷纷主动绝缘。但这些流于表面的观感，在深入到该国文化圈后，被颠覆了个干净。

幸而友人亲眷在德国多年，有一对子女。与她同去德国时，得以在人家中留住，有更多机会深触当地文化。

首重颠覆便在从机场前去人家里叨扰的路上，印象中的德国高速路不限速，且行车等级分明，低级车需主动为高级车辆让行，心里便不解于遍地奔驰宝马之地应如何分个高下。可下了飞机便怀疑起航班是否跑错了国家，从机场到市区，满地皆是两厢小“奥拓”，除了几乎所有大型货车和政府车辆是熟悉的德国“三驾马车”，家用车辆竟满街罕见几辆“奥、奔、马”，偶有几辆国内熟悉的豪车掠过，我倒是像见到了亲人般，兴奋地舞哉蹈哉。弄得友人亲眷一头雾水，悄声问朋友：“不是国内最近经济发展挺好吗？这些车在中国应是常见的啊，怎么兴奋成这样？”友人眺望远去的豪车幽叹一声：“这才是家乡的味道。”

傍晚漫游莱茵河畔，见一名十岁左右的孩子在钓鱼，旁边放着两根钓竿，我顿时兴趣大起，正想绕到孩子身后，观察这生活趣味的一幕。忽然岸边一位在慢跑的大叔，见这孩子钓鱼，立马转弯，看似要上前制止孩子。我忙拉起友人一家凑了上去。

便见大叔严厉地向那孩子问道：“你怎么有两根钓竿？”

那男孩站起身答：“我跟朋友一起来的，他上厕所去了。”

大叔神色并未缓和，又问：“你们有钓鱼证吗？”

小男孩赶紧从包里掏出一张蓝色的小纸片递给大叔，大叔端详了一会儿，接着问：“水域票呢？”

男孩已经捏在手上准备好了，随即递出，这大叔两张票证左右看了下，还给孩子，又环抱双手问：“尺子呢？”

“带了带了。”男孩俯身从包里掏出一把成年人小臂长的大尺子。

那大叔见此便不再追问，轻轻抬手做了个“请”状。可没过会儿，小男孩朋友回来了，他按刚才的流程又盘问了一遍。见这俩孩子两证齐全，各执一竿，

且都带了尺子，这才对两个小孩说了声“祝你们好运”，转身离去。

这一幕看得我不明就里，缠着友人家人采访了一个多小时。原来德国钓鱼制度颇为严格，需要先考钓鱼证，并在当地购买水域票，再有，一人只可用一根钓竿，钓到七寸以下的鱼苗必须放生，符合以上规定才允许钓鱼。

可最为震撼的并不是这些冗杂的制度，却是这位上前盘问的大叔既不是渔政人员，也非河道管理人士，竟是离友人家不远处的一位邻居，工作与此半点不挨边。

“这非亲非故的，没听说德国人有爱管闲事的传统啊？”我当时万难理解。

“教育是整个社会的责任，孩子是德国的未来，每个德国人都有责任随时随地进行教育。”友人亲眷淡淡道，“对于教育的经费和精力的投入，德国可能全球第一吧。”他们脸上带着极为复杂的表情，像是庆幸孩子生在这个教育至上的国家，同时又遗憾着祖国的教育环境。

那一刻我竟有些无语凝噎，泱泱数千年文明大国，发展到如今确也有诸多细节远不及人，待几时中华再如汉唐般盛况，各国皆以来华留学定居为荣，也是我辈奋斗的动力吧。

次日，因为周末的阴雨，一家人选择猫在家里，陪两个小朋友欢乐一天。家中有一台老旧的钢琴，是男主人的祖辈传下来的，音色颇为淳厚。我睹物技痒，没忍住便随手奏了一曲，书房里的两个小家伙听到琴声，便扔下手里的书，噔噔噔地跑出来倚在琴旁享受着。素闻德国、奥地利的音乐艺术素养颇高，心里暗暗赞叹，这两个幼儿园的小家伙想必也是知音之人，一曲奏罢，忙把座位让出，想让他们也一展风采。

可这两个家伙竟扭捏起来，你看看我，我瞪瞪你，倒像躲在母亲身后羞于视人的内向孩子来，之前的大方、礼貌劲儿难道被我一曲给弹没了？我正想上前鼓励他俩，孩子母亲前来解围道：“他俩是喜欢，但是他们都不会弹的。”

这把我惊了个满脸，忙道：“我知道您的琴艺不俗的，您在家，他们在学校都不教吗？现在国内孩子一般三四岁就开始学琴了呀。”

母亲浅浅一笑：“在这不许孩子过早学这些，别说钢琴，就连欧盟通用的英语，在学前阶段都不允许系统学习。”

“这，这么多音乐家、科学家都是这么培养出来的？”这话问得有些失礼了。

但母亲却诚恳地点头：“都是这样的，他们幼儿园阶段就是玩，认识各种基础知识，更重要的是认识快乐。”

诚然这与我对教育的认知落差不小，一项技能，三岁不启蒙，长大是条虫。从七岁才开始接触钢琴的孩子，水平能比练了四年的孩子强？

母亲看出我的错愕，解释道：“给这些孩子们留出足够的兴趣空间，创造空间，到后面才能爆发性地增长。国内一般为了不输在起跑线，都是过早开发了，孩子还没形成更多认知前，就提前进行刻板印象的教育，时间一长，对东西不再好奇，就很难有创造力了。”

这一番话点到要害，我们的教育仿佛更多是家长自卑的产物，不输在起跑线上，归根是家长不想自己输在起跑线。结果全民一起自卑，便催生了早教行业，幼儿培训行业。

国力之差更深是教育之差，教育过于优越则民族易骄傲自满，近见于几十年前的德国、日本，远见于历代各国的一统扩张；而教育过于落后则国将不国。诚然我们目前国力日盛，在教育之策尚有提升之隙，但国强而教育弱者，未曾有过，所以此时不必盲目羡慕他国教育先进，以己之力，助国昌盛才是硬道理。

德行千里长，
育长万万郎。
良将出良国，
才俊尽满堂。

入云的科隆

对于这中古世界的名城，岂有不将每一片砖瓦游览个底朝天之理。

次日天晴，便携友带眷冲出家门。入了主城区，仿佛节日般的街道都招贴了同一幅广告，画着一位身着西装戴领带的男士，手端啤酒开怀大笑，细致看来，画中男士领带自领结以下全被剪掉，下端留着斜斜的剪口。我正对着广告上的德文瞪眼，琢磨哪家企业如此手笔，几近包下全城的广告。一旁的亲眷解释道，若能待到下周，科隆的狂欢节便要开始，届时万不可穿西装上街，因为备不住狂欢人群里会伸出一把剪刀，揪住领带，一剪两段。吓得我不自觉摸了把脖子，要是狂欢出个差池，剪高两三寸，简直不敢再想。

比起欢闹的节日，沉静默然的莱茵河，两岸重彩的葡萄园，幽谧的中古城堡更深得我心。驱车沿河南行，湛蓝天空高远深邃，便如刚刚洗过，晨曦中的白云点缀在一侧，纯净得仿佛镜片刚被擦拭过，视野的一切变得格外清晰。

FILIPA

静谧的莱茵河轻轻抚过科隆，把城市分为东部新区和西部老城，霍恩索雷伦大桥与德意志大桥把城市紧密连接。在德意志大桥上俯视两岸，两千年城龄的科隆便一览无余。而奇特之处在于这座工业闻名的城市，竟在目力之内，不见一个烟囱、一处滚滚黑烟。东部的新区与老城区搭配协调，没有视觉的跳跃感，像是在两千年前便已设计成型，如今只是按当年的图纸建设而已。

不算伟岸的哥特式屋顶带着阁楼上的小百叶窗，爬满古墙的鳄鱼草，道路旁如盖的橡树，街心花坛中盛开的玫瑰与郁金香，消失在视线拐弯处的柏油马路，构成了一幅透明的水彩。眼前的景致激起了我对这城市的爱恋，便想到莱茵河边，立在德意志大桥看朝阳笼罩的科隆大教堂，感受高耸入云的教堂尖顶，偷听阿波罗神与耶稣的私语。

世人更愿意铭记科隆教堂，忽略掉德国第一高的乌尔姆教堂，许是因为名字好记吧。但这座高157.38米，花费16万吨石头，历时632年才建成的世界最伟大的哥特式建筑，足以让任何人对科隆这座城市肃然起敬，为科隆市民的顽强和永不停息的奋斗精神所折服。

脚下踩着德意志大桥坚实而朴素的钢梁，桥下莱茵河静静地流淌，远望大教堂直入云端的尖顶，这或许便是德意志精神所在：坚强、追求、深邃。迎面拂来轻风，我慢慢闭眼，想去感受此刻异国的静谧与神圣，但脑中却浮现出笔挺制服的党卫军挥臂敬礼，集中营里铁丝网后犹太儿童恐惧的眼神……而后隆隆的炮声从耳边响起，科隆笼罩在火光中，莱茵河上巨响后升起的水柱直冲大桥的桥身……日耳曼，这是怎样一个民族？

然而教堂门前广场上的艺术家们让人回到现实，眼前的这些醉心于绘画、提琴、乐队、舞蹈中的科隆人民，仿佛欢乐于迎接深刻反省后的全新生活，有一种背后的纯净力量在支撑着这里的人民，我便也似乎跟着释然起来。

步入科隆大教堂，宏伟如大海般的能量让人迅速放松下来，一股庄严伟岸感让人自觉渺小。而在被这气势震撼后，森然罗列的高大石柱，鲜艳缤纷的彩色玻璃，精致的拱廊式屋顶以及凌空升腾的双塔又给人注入了些许好奇与激情。

教堂四壁上一万多平方米描绘《圣经》人物的法兰西火焰彩色玻璃窗，是整个教堂最夺目之处，阳光从窗中流入，在琉璃上透出金光闪烁、绚丽多彩的光影，连描绘的人物也栩栩如生起来，使整个教堂一步一景。傍晚时分，传说中常出现的上帝之光，兴许便是如此了吧。而教堂外层被风化发黑的建筑，与内庭

炫彩纷繁形成了鲜明对比，不仅为它增添了沧桑厚重的色彩，更像是诠释宗教不仅有严肃外衣，也有丰富的内核。

忽而不知谁的手机响起，铃声竟是苏联卫国战争曲《莫斯科郊外的晚上》，我紧张地愣在当场，这几乎如同在中国南京中山陵放起日本国歌！然而在场的德国人已经没有了任何芥蒂，谈笑如常，我才意识到，这个经过深刻反省民族的包容与强大。在一座见证过这片土地六百年兴替战火的入云教堂面前，人类，很渺小，也很强大。

六百凡世烟尘，屏息灌顶近神，昨夜狂风乱书斋，曦光影透新魂。

云中难见正天，何处寻境仙，岿然入云，肃杀色，教义近天边。

I Am-sterdam

“兼容并蓄”一词，古时被我汉唐和欧洲的罗马发扬得淋漓尽致，而今做到登峰造极的，怕是无出阿姆斯特丹之右了。

走出中央车站，在砖石路间不经意低头，竟零星可见些许包装完好的避孕套。对于从中国突然跨度于此的一众姑娘来说，纷纷臊得避之如雷，垫脚快步绕行离去。不知是这座城市的开放包容让此地的人民不拘小节，或是作为象征城市风格的幽默，抑或还得称赞当地人素质颇为不俗，至少它们的包装都是完好的。

初来此，备受震撼的并非路边只售大麻制品却没有咖啡的咖啡馆；橱窗里搔首弄姿的技术女郎；满街拥吻的同性，甚至难辨性别的男男女女。

中央车站前，片片层叠，如自己长出生命力、不断繁衍至视野尽头的自行车海。国内地铁站旁成百上千的共享单车方阵，在此看来就如海中池塘。这些自行车早已超出停放在路边的概念，在巨型停车场被立体Z字形叠放成了艺术品，每辆车银亮的手把都映出好几个太阳，状如一条沸腾燃烧的钢铁长龙。三十年前的中国兴许也能见到如此盛景，十万万百姓人蹬一辆二八、二六，在上班的路上绘出一道浩瀚的人力铁流。

不难发现，每个车站旁都有似这般巨型的自行车停车场，来往工作，赶于行程的人们，川流不息地来此存、取车辆，似乎各地的自行车停车场成为城市里最繁忙的交通集散中心。阿姆斯特丹是水城，城中有蛛网般缠绕的河道，城外便是北海，内城房屋古老，街道狭窄，单行道猝不及防，在星盘般层层向外扩展的老城区，若非当地深谙路况的老司机，外人是万不敢在此地驾车的，我这从不晕车的体质，在出租车上转了几条街后，空荡荡的胃里也要无中生有的向外翻滚，瞬间便理解了自行车盛行的缘由。

这里交通，便捷的是船，可舟船游艇不是老百姓的日常，取而代之的便是自行车了。漫步在红褐色百年老砖的大街小巷，若没有飞驰的自行车与游人擦肩而过，那它们一定在你身旁随心所欲地待着，或立正，或靠着树干，或锁在桥栏，或倚着广告牌，或者干脆歪倒在路边，街道上缺了井盖也不会缺自行车。

可令人费解的是，在文明程度高度发达的欧洲，这里的自行车失窃率却和福利一样高。一位当地小哥诉苦道：他失窃的自行车已多达两位数，仅在大学的四年，就丢了八辆。不知何时，宝贝坐骑便会“不胫

而走”，也可能从超市出来，某个贵重零件也会不翼而飞。每次运河清淤，便会挖出无数残损车辆，车架上锈迹斑斑，但内里却仍然刚毅，便似这座城市一般，颇有颗白首之心。

国内的道路上，四轮独占鳌头，行人次之，再下为电动两轮，垫底许才轮到自行车。可阿姆斯特丹正好颠倒，自行车是顶层阶级，常见路上后方自行车呵斥汽车占道，而汽车从不敢鸣笛催促他人。中国人被身后的汽车按了几十年喇叭，乍到阿姆斯特丹，也算翻身农奴了一把。

但在阿姆斯特丹，并非穷人才骑自行车。荷兰福利水平仅次于瑞士，汽车与好自行车价格相差无几，骑车仅是因为效率最高，即使有私人游艇，船上也常备了几辆自行车，而开着豪车行驶在仅比车身宽出两人的狭窄砖石路面，幸福感也会被畅行无阻的骑车人碾压。中国的柴米之于帝王百姓，便如阿姆斯特丹的自行车之于官民，粮食不分等级，自行车也不辨贵贱，阿姆斯特丹的市长、部长，日常工作也是奔走在自行车上。

这，许是这座城市诠释包容、开放的内核，忽而想起《道德经》言：“小国寡民。使有什伯之器而不用；使民重死而不远徙。虽有舟舆，无所乘之；虽有甲兵，无所陈之；使民复结绳而用之。至治之极，甘其食，美其服，安其居，乐其俗。邻国相望，鸡犬之声相闻，民至老死不相往来。”国小民少，不用劳民伤财的大兴土木，有高级的车船，大家却不爱使用，百姓吃得香甜、穿得漂亮、住得安适、过得快乐。描述的，活生生的便是这里了吧。

河道何其长，
砖路专用廊。
单车担当行，
小国晓昏黄。

漫行拉萨

初次踏上祖国最高的疆土，感受到恢弘不已的气势，是从万米高空眼看大地，从遥不可及，屋如砂砾，陡然变成山棱可触的震撼开始的。飞机一接近青藏高原，窗外的一切景色就变得近在咫尺，天气也从朦胧的多云变成了高清的液晶，山巅好似行车时的减速带，贴着飞机底盘掠过，机身时而还会随着减速带颠簸一会儿。

但遗憾的是，我并未下五洋捉过鳖，也没上九天揽过月，没有过这类高端经历，所以走出舱门就开始吸氧，抱着一个偌大的氧气瓶，不敢拍照也不敢乱跑，生怕别人误以为我要去纳木错湖潜水，一直吸到第二天高原反应退去，才有心情欣赏这云高空净的美景。

九月的日光之城格外清新，除了满地俯拾即是的金色光斑，更令人愉悦的是空气的香甜，若说内地的空气时而如面汤，时而像水泥厂，那这里呼吸的就是蒸馏水，除了水中氧气少了些，卖相是极好的，清澈透亮，可眺千里。城市里生活的人永远难以明白，夜里漫天繁星的图是怎么画出来的，来了此地才能体会，可能全世界的天文学家都住在拉萨附近。

日间带着欢愉游走在拉萨城的大街，时而都能感受到路边各式餐厅流露而出的幽香甜茶味，有趣的是这里的餐厅不分菜系，不论流派，不管藏餐、川菜，甚至沙县小吃店里都标配这类茶品，引得人不知不觉就会被拐进店里一品究竟。当一杯温热的甜茶盛上，那沁人心脾的淡雅奶香只要引诱人喝上一口，就再也停不下来。一丝温热甜茶入口，奶香混合红茶在齿间萦绕，徐徐直通鼻腔，要是再放任在口腔里多停留一会儿，整个脑腔都会留香，赶紧趁热入喉，一股香流顺喉而下，让人整个身体随之一暖。而店主趁此刻食客魂牵梦绕之际，任意报出几样价格不菲的菜品，食客也通常一一应允，乐得受宰。当然这是笑谈，藏民店主绝干不出此类勾当，而部分汉人老板却是玩得炉火纯青。

初到拉萨，八廓街是非去不可的，围绕着大昭寺转经而成的环形街道，最原味地呈现着古城的传统面貌和居住方式。二三层的藏式民居，多被作为餐厅和商铺，而每户民居风格各异的藏式风格也是一景，时而窗檐下经幡招展，时而门口木梁画栋，陈列出各色商品，其中以藏传佛教用器为多。最显眼的转经筒常是各路游客优先抢购的，此物需将手柄持握在手中，顺时针转动，我也乘兴买了一个，按店主嘱咐的方法

转了半天，途中遇到一个上师僧人，看起来手中的经筒似乎是逆时针转的。让人疑虑大起，常说藏族人淳朴不邪，莫不是卖我经筒的商人戏耍于我，故意反着说？藏经言表，经筒顺时针转主吉，逆时针转主凶，这八廓街呈环岛，整个游客人流的动向也是顺时针转动，难道是僧人有不同见解，随即上前讨教。

这一问才知道智慧的博大，上师手中转筒活也不停，且问到，世人转筒皆顺向，但在外人看来确是何向？我这研究了半天答是逆向。上师点拨道，这就是顾己不顾人，只顺自己却不顺他人，而我这筒只逆我一人，而世人所见都是顺向，此便可顺千万众生，可消众生恶业，说完一施佛礼又独自反着转筒去了，留我辈在原地赞叹，这是大德之人啊。此后也就收起转经筒，再不敢玩这正亦是反、反亦是正的东西了。

八廓街长逾千米，其中另一绝就是磕长头的信众了。走在街道上，猛然间就会有人从身后的地面上匍匐滑来，直到你脚边，刚开始也吓人一跳，赶紧捂住手机钱包。但人家也不搭理，伏在地上以手画地为号，站起身来在头、胸、腹部合手礼拜三次，前行到记号处再匍匐，如此周而复始，许多信众甚至磕这等身长头上百公里从西藏各地来此朝圣。游客见此壮举有人上前布施些财物，信众也不拒绝，深施一礼后继续礼拜。

藏民尤其淳朴憨厚，在八廓街如此商业气息浓郁的地方，也是江湖各派砍价高手一展拳脚的校场，在一家饰品店里就有幸观赏了一场藏民靠着淳朴完胜众人的好戏。街边有家首饰店，店主是一位五六十岁的老者，身材颇胖，一副大肚能容的弥勒相，只是脸上纵横堆垒，风干油黑，笑容里透着憨傻可爱，但却总是目光如炬，观察往来的游人。这时一众游客中突然有位女士惊叫一声，冲杀过去，捧起一串天珠端详了半天，显得爱不释手，还转身戴上让聚拢来的友人们拍照。

接着好戏上演，女士一通折腾结束后问店主价钱，店主比出个手掌笑着说五百元。接下来几分钟，完全是买方比画出一套组合拳，平日里常能听到的“前面那家店一条同款的才卖二百元。”“我们是个旅游团，能便宜点待会带几十号人来买。”“少一点就买了。”佯装不买转身就走等等讨价招数在这进行了一场轮播，但店主始终笑眯眯地看着眼前游客，一直不曾开口，只是有时笑着摇摇头。最后估计实在演不动了，几个女孩没辙了，互相对视了几眼表示技穷。而店主这时只说了一句朴实无华的话：“你们还价到一分钱我都不生气，交情到了我还能送给你，但是这个少了五百元我不能卖。”几个女孩面子薄，脸上挂不住转身离去，但周围很多刚才看戏的游客却被店主的质朴感染，纷纷上前买了好些东西。

由此能看出民风本质的差异，凡人经商求利，为了一点价格演技能提名奥斯卡，而藏人经商更多求安心，佛教修来世，藏民今生的财富大多都捐给了寺庙，金钱财富不是他们乐于追求的，经商也许仅仅是一种生活方式，当他高兴时，上万的贵重之物也能慷慨送出，为了救赎今生苦恶，倾家荡产奉献给佛陀也是常事。宗教能使人向好至此，也是善莫大焉了。

云中生圣城，
巅国镇西门。
宗教和道德两相宜，
萨点众生魂。

摇曳的天路

第二次去藏地，前后相距两年，这次总结了前次高原反应的教训，改为驾车进藏。但这次趣味在于是和藏族朋友一同搭车前往，藏人的朴实是公认的，托朋友介绍，认识了一对即将自驾回家的藏族夫妇。太太看起来有三十多岁，是标准的藏人相貌，高高的颧骨，脸蛋两朵高原红，身材壮阔，横有两个我般大小。前去她家拜访时已是下午4点过，对于我送来的见面礼并没有半点扭捏拒收的姿态，倒是一家人热情得让我扭捏起来，太太让孩子硬留我吃晚饭，孩子听令抱住我的腿不撒手，母亲却独自去买了两斤牛肉两斤土豆，单手拎回来炖了一大锅藏家风味的美餐，等丈夫回来一瓶小酒两口肉，一家人和我一起有说有笑，一顿之间便扫得精光。对于初次见面便热情至此的民风，汉人多少是不太习惯的，但这就是他们最真诚的待客之道。

次日清晨起了个大早，可夫妇一家人早已开车绕行了十几公里到我楼下等候了，却对我迟迟下楼并无怨言，一家人嬉笑着把我迎上了车，倒像是迎接远方

的客人回家。

进藏途中的各色美景和经历足以让任何游遍世界的旅行家都感叹不已，车辆行至川藏线如美镇段，道路悬挂在两三千米的陡峭崖体上，势如一条天路，前方是通往拉萨的天堂，若不幸落下崖壁，也是另一条通天之路。我们路过时正赶上山体滑坡，碎岩山石堆满了靠山一侧的道路，此时的天路更为名副其实，双向两车道变为单车道，而这条唯一能通行的路面又多处出现路基塌陷，防护栏损毁缺失，紧邻天路的一侧便是没有护栏相隔的澜沧江，而波涛翻滚的江面在此路下方八百多米，偶有过往的车辆把石子挤下悬崖，需要整整十二三秒才能见到江中有一点水花溅起，若是司机胆子稍小，可能就会当场吓懵。好在我们车的藏族汉子不畏今生苦，但修来世佛，一脚油门如履平地地通过了，倒是吓得我冷汗透背，差点衣服能拧出水。

好在惊魂过后，下行的沿路更多的是天设美景，这三口之家兴起时便会伴着窗外的蓝天碧草击掌而歌，疲倦时就往路边一靠，和衣而睡，好不逍遥自在。忽而感叹人们总是在追寻那份浮华而忘了停一停脚步，净一净尘心，一壶茶，一本书，听雨庐下；即使不在进藏途中，也能临窗古巷，三两朵油纸伞，四五处丽人行，笑语盈盈暗香去，惊鸿翩翩照影来。

路过草原，快意地享受碧草连天，天弋白云，云下牛羊相逐，牧人驱犊返，猎马带禽归。路过山峦，也能了却心中烦念，一览山河壮阔，顿生天地豪情，盘旋在玉带缠腰的山间，醉进云梦乡，不思凡世尘。

几天的舟车劳顿，我再回圣城拉萨，这里依然美得静谧，纯净得湛蓝，空气还是甜如甘露，阳光依旧金灿到炫目。而可爱的一家人在接受了我再三道谢后，并没再接受我任何谢礼，可敬如斯，真是让人对藏地生出无限敬爱。

布达拉宫，是此次进藏的目的，如此恢弘的文明瑰宝若不亲自前往敬拜一次，是绝难了然的，这次便早早地预定了参观的名额。

可没想到，还没进检票处，便被拦在了门外，理由是着装不符规范——不可穿过膝短裙，也不得穿高跟鞋，无奈现场买了长裤和平底鞋换上。起初是不甚理解的，藏传佛教不是伊斯兰教，对女性的要求应该不会苛刻如斯的。可一进宫殿就立即开悟了，宫殿建成历史有四百余年，整体完全是石木结构，殿内的多数楼梯几乎是垂直向上的木梯，不穿短裙是为了保护女性隐私，禁止高跟鞋是为了保护女性安全，十足是德相之举。

踏上一层层的木梯，内心和脚下都微微颤抖，如此宝相庄严的千年古刹，依山垒砌，群楼重叠，殿宇嵯峨，气势雄伟，坚实敦厚的花岗石墙体，松茸平展的白玛草墙领，金碧辉煌的金顶，顶上巨大镏金宝瓶、幢和红幡，交相辉映，红、白、黄三种色彩的鲜明对比，都体现了藏族古建筑迷人的特色。

屋外顶部和窗檐木质结构，飞檐外挑，屋角翘起，铜瓦镏金，用镏金经幢、宝瓶、摩蝎鱼和金翅乌做脊饰。屋檐下的墙面也装饰有镏金铜饰，形象都是佛教法器式八宝，有浓重的藏传佛教色彩。柱身和梁仿上布满了鲜艳的彩画和华丽的雕饰。内部廊道交错，殿堂杂陈，空间曲折莫测。

殿分为红、白二宫，白宫高达七层，外墙素色，顶层是达赖喇嘛的冬宫（行宫），依层往下是生活、办公及法事殿堂。而红宫正居中央，外墙朱色，是历代达赖喇嘛的灵塔殿和各类佛殿。其中仅几位达赖的灵塔殿就有壁画698幅，珍珠20万颗，黄金30吨。如此雄厚的文化宝藏仅靠几百年前的木楼木架支撑，每一步都是走在恢弘的宗教文化基奠上，所以脚下发颤。

而心中发颤的是，我泱泱五千年文明华夏，留存至今的文明遗产，仅此一隅了，所以四方来此的每一寸道路，才称作天路啊。

圣光透凡心，
城古人间新。
气宇巍峨铸佛宫，
魄守一白一金。

北疆仙

疆土如斯，总有些塞外风光是自带滤镜，诱人自拍而无法自拔的，当然，另是因为盛世颜值方配盛世美景，好在自恋不犯国法，读者也不能把我如何的。

八月的中原已是繁茂景象，遍处尽是葱荣山峦，涓涓清流，也不知哪一位鬼使神差，让我竟然想去塞外新疆看看，上网一搜各类塞北美景，顿时惊为天境，赶紧买了一张北去的车票，带上美颜和美颜相机踏上了采风之旅。

人说，火车是个鱼龙混杂之所，人生百态皆能在火车上感受到，为了沿途的景色，也是为了体验这世间风貌，我毅然选择了一张慢车硬卧，与这美色丽人缓缓地融为一体。

平日间常人浮于事，万难有闲暇静坐在窗前赏景，注视着祖国的碧水漫川在移动中逐渐陡起为高山峭崖，忽而又在盛夏里惊现山巅的皑皑白雪，惊奇过后又渐如奏鸣曲般徐缓平静下来，直至最后似夜曲般平坦沉静，一望无垠。沿途景色如曲，演奏得人一番接着一番的痴醉。

而在这看景的列车上，也是另一景致，最勤奋的列车服务员，铁齿铜牙的售货员，呼噜声大过铁轨噪音的老哥，周游列国朝圣拜佛的大妈，一睡两天不起的小伙，人来人往，上演着人间百态，竟比窗外静景更有一番烟火之美。

次日当双脚浸在可可托海清如无物的水中时，一股冰爽感油然而生，从脚尖直达头顶，塞北的魅力在这一刻喷薄而出，随着心情四溅了一地。在祖国漫长的边疆线上，可可托海是为数稀少需要办理边防证才能游览的景点，众人在新奇于这道手续后，便纷纷举起了摄影器材。

此地名叫可可托海，其实是额尔齐斯河的一段，两岸以森林和矿产资源最为丰富，导游将此地的魅力描述得天花乱坠，却抵不过亲身跃进浅滩水中感受与碧水蓝天融为一体愉悦感的百分之一，近处河水潺潺有声，时不时还能发现近在咫尺的两尺大鱼，而抬头的远处，看似平静的河面与两岸茂密的森林深浅碧色泾渭分明，再远处的湛蓝与河面水天一色，融成了一幅仙境般的诗画，偶有水鸟在河面上轻轻点出波澜，随即振翅飞走。此景静则天官神处画，动则世间幽居榻。已经幽静美到令众人忘我，后来几乎是导游挨个下河把大家背上车，众人才依依不舍地离开。

水草丰美，养地也养人，都说新疆遍地是明星脸，对此在乌鲁木齐市区已经领教一二了，而到了这山清水秀的地方，人也显得更加水灵起来，沿途路遇几位当地小伙，赶着一大群肥硕的骆驼，看见我们车队，主动驱赶骆驼让出公路，车辆在他们中间缓缓穿行，这帮可爱的小伙便开心地对我们挥手打着招呼，几对蓄满清水的明眸弯成一道月牙，像是要和骆驼比赛谁的睫毛长，竟惹得车上几位小姑娘硬要司机停车去和小伙子们合影。

从布尔津一直走来看遍了翻山越岭的林景后，陡然间便“柳暗花明又一村”，辽阔的草原景色在翻过最后一座山岭后蓦然出现，霎时间“风吹草低见牛羊”的强烈观感扑面而来，风吹在车里倒是感受不强，牛羊可是真真遍布草原，从山腰往下看，就像散布着千万只大如拇指的蚂蚁，再近一点，纯净的天蓝色天花板下渲染着翠碧色地毯，一大堆或黑或白的猫咪爱犬在上面嬉戏。直到车行到切近，才发现还是远处观景要浪漫许多，牛羊常常遍布在公路上，由于经常见到车辆，对鸣笛也不太能做何反应，非得等主人前来驱赶，才不大情愿地挪开，这一路下来，倒比市区里的红绿灯还麻烦，真是让人又恼又爱。

这秀丽的塞外风光一路尽是天高云阔，一眼能看百里，除了晨间的薄雾。清晨早起在山脚下，往往能欣赏到山间一缕青丝，徐徐的像一条玉带缠腰，坠在

那里，久久不肯动一下，但当太阳高起开始发威时，这条雾带便能在几分钟内烟消云散，便像是山林也更换了衣服，开始早起劳作了。

这塞外化境，处处泛着自由的气息，这里的云和云下的一切都各自行走，维吾尔族人在此世代生息，牛羊在此无拘无束地繁衍，村落里鸡犬相闻，村外沃野千里。

新疆实在惹人怜爱，就像是深醉的一个梦，这个酩酊大醉的梦境五彩斑斓，载歌载舞，水会流动，火会燃烧，金黄的叶子飞舞，像巧克力浓浆一样的沙漠在流淌……哪怕人间不值得，此间也值得。

塞外尽归仙，一山一云烟，百里莽莽才一村，驼马与尔戍边。

骏马行得仓皇，沃野渺渺茫茫，千里聚得一繁城，好个沸沸扬扬。

城外山峦间，一条云带系天，云下一碧万顷野，乐得一马平川。

此间人市三三两两，此间花鸟熙熙攘攘，此间山水朝朝暮暮，此间好个赏。

诗画黄姚

欲得垂涎处，且听黄姚唱，此间绝味展独步，还品豆腐酿。

仙水仙人始，仙豆仙人指，此间秘法仙人传，佳味出豆豉。

涩中辣，朴无华，青苦泛回此间甘，一口尽油茶。

十蒸九晒百回，望子生涎垂,此间酸甜人生味，十里飘香话梅。

来到贺州后，一次假期里兴起，友人问我知道哪些尚未人满为患的古风景点可以一饱眼福。这可难住了我，古镇如丽江、大理，是天下闻名的，可终年也罕见一次门可罗雀之态。忙四处打听，无意间听到一个新鲜的景点所在：黄姚古镇。

一路驱车。到黄姚时，早已饥渴难耐，吸引我们的哪还是古风秀色，一帮人直扑镇中的农家餐馆，誓要先大快朵颐，一扫当地美食。

第一道菜我们选择了当地人交口称赞的豆腐酿，端上桌时众人都以为店主是古稀之人，怕是上错了菜，一个个状如包子，不见半点豆腐痕迹。可耐不住

饿字当头，虎狼一口下去才知道内有乾坤，竟是用豆腐做皮，肥瘦猪肉做馅，捏成了包子形状。汤料配以黄姚豆豉，其香九里，诱人吃起来欲罢不能。

正津津有味之时，抬头见墙上题写着苏东坡对此菜的赞赏："有此物在桌，又何必鸡豕？"大宋朝寻常人家吃羊肉，却以猪肉为贵，苏老先生尝了这豆腐酿连猪肉都不想吃了，可见这豆腐味美绝伦竟是传承千年不减。

在领略了黄姚豆豉的香宴、豆腐的味宴后，算是止住了嗷嗷众口。汤足饭饱尽思茶，豆腐店家向我们推荐街口一家油茶，言辞恳切邀我们前去一品。

既来之，则信之，可众人端起茶碗第一口竟是齐做喷吐状。不知是茶铺店家恶作剧还是豆腐酿余味绕嘴，这茶咸、辣、涩、冲，好似喝了一口生姜拌盐芥末辣子汤，不仅辣嘴冲鼻，驴饮一口还能上头。

店家笑着前来解释，这油茶是当地特色，用红茶炒制，辅以食盐、生姜、香料熬煮，颇有古茶之风。忽而想起茶圣陆羽的茶经记载，唐代饮茶是将茶与葱、姜、枣、橘皮、茱萸、薄荷等一起熬煮，可吃可饮。虽然有文化后盾，这古茶味也一时难以和颜悦色地畅饮，总觉得口中怪味翻腾。

好在一旁便有话梅果脯，可以一遮口气。不得不说，这油茶、话梅两家相邻，必有因果，但凡喝过油茶，必来此买两三袋话梅。

可正因为喝过油茶，九制话梅之味才更显功效。还没入口，酸香便能让口舌生津，望梅止渴在此处展现得淋漓尽致，一口压在舌下，整个口腔吐芳，卷在舌上，又酸尽甜来，好一番品味，才舍得嚼咽下去。

而这“九制话梅”的“九”也仅是个虚词，店家介绍这话梅从拣果、浸漂、保鲜、切皮、腌制、沥干、调料、反复晒制，到贮存、包装等，远不止九道工序，只是“九”乃是古代极数，故此称九。

如此还未踏入古镇，这里的一餐一茶都处处透露文化底蕴，使得我们更期待这黄姚魅力。

闺中赏烟雨，婉而诗画起，
黄瑶灵仙初下凡，千年静待你。

初入黄姚古镇，感觉与丽江、大理等众多人声鼎沸的古城相比，她更美在深闺人未识，她安静、秀气，如同清新茗茶一般淡雅，古朴，清幽的风貌，使得这里的人文和风情免受污染。黄姚古镇如同一本千年的诗集，被人遗忘在图书馆僻静的书架上，当人不经意走过，翻开这美丽的篇章，古朴而优雅的格调立即征服了人心。

我们看这古石老阶的岁月磨砺，可不像只有百年光景，一问当地老人，不禁咋舌，这古镇竟有五百多岁，多处石瓦都是明朝原物，与隔壁的新镇形成鲜明对比。

黄姚新镇与古街仅一墙之隔，早年黄姚人迁居古镇外建起了新房，可老一辈人乐于住在古旧的老屋，不愿搬走，也正因如此，古镇才得以完好保留，也更显宁静祥和，充满生活气息。这里的古镇简朴得犹如山涧中的清流，她坐盼怀旧情结和乐于寻古探幽之人。

当日午后，下起了淅沥的小雨，我们躲在一座清朝的屋檐下，仿佛也和古人无异，两百年前，想必清人雨天也是在此檐下，互相聊着明朝古人避雨的趣事吧。

少时雨歇，友人发现这青石板在细雨湿润下，竟如镜面泛光，亮可鉴人。霎时间大家一拥而上，就着清幽古朴的百年老街，平滑如镜的青石路面，争相拍出镜花水月的人间至美之景。而若是古人，此时也应是姐妹携手揽腕，互相赞赏着雨后的美人美景了。

说到留影，一帮姐妹哪能轻易与美景失之交臂，在傍晚入夜之前我们惊奇地发现，倚着没有路灯的街道，家家户户的门前都点上耀人的红灯笼，伴着皎洁的月光，几人也纷纷在镜头下留下斑斓的倩影。

千年古戏唱龙桥，
龙爪榕下枝影摇。
石板润映古色景，

仙人古井仙人瞧。

漫步往古镇内走去，赫然可见一座始建于明朝嘉靖三年（1524年）已近五百年高龄的古戏台，戏台正中高悬一块匾额：“可以兴”，台柱上泼墨一副对联：“锣鼓喧天管弦悦耳共奏升平乐，霓裳漫舞羽曲高歌齐呼可以兴”。正对应匾额之题，可谓是对自己数百年身世的写照。虽被多次翻修，但明清两朝遗风傲骨也在台上历历呈现，时光变迁，台上吟遍了几般风花雪月，舞罢了多少疆场剑影，爱恨情仇，悲喜人忧，而今人在此再行演绎，是否又能再品出几分别样滋味呢？

粗略一番品鉴后，我们发现这戏台还另有玄机，台柱的四脚还各自暗藏一个大水缸，埋于柱下，用于扩音。忽而想起古希腊埃皮达鲁斯剧场，借助山地修建的半圆形剧场，形成完美的拢音效果，堪称神迹。这黄姚戏场，藏缸于台的巧思，也是不逊于斯啊。

整个黄姚古镇，河溪绕城，桥水相接，总共有十五座古桥。而带龙桥，是其中的魁首。我们来到桥上，整桥都用青石堆砌而成，桥面用腰形铁块锁的石板铺设，因此历经千百年仍保存如初，桥下用石块堆叠出双桥拱，每个桥拱似一弯弦月，跨骑在新兴街东面的小珠江上。

若单有一桥，并无太多趣味。可这带龙桥旁有很多嶙峋的怪石，一行人便坐在石凳上饶有兴致地赏起石来，有的怪石像骆驼，有的像乌龟，还有的好似一条巨蟒，每尊惟妙惟肖的石林都自成一景，姐妹们依次在溪水边与这些奇趣怪石共来一张合影，再配上一段趣味小故事，大家玩得也是乐在其中。

听当地老人说，要是时至盛夏，还能和孩子们一起到桥下溪水里嬉戏。看这溪水碧油清澈，鱼虾可见，要是掬起溪水和孩子们互相挥洒，泼出的是一捧仙境活水，留下的是一抹人间欢乐。

大家拍累了，静坐在桥边，聆听潺潺流水音，啾啾雀鸟鸣，簌簌笑谈情，直至渐渐下午斜阳笼住溪桥，水平如镜，金色阳光打在水面，映照出天地两境，此时到底是水上人间，还是镜中伴仙，谁还愿分清两边？

过龙桥，龙树红，带龙桥旁龙爪榕。走过带龙桥没一会儿，便能在湖边发现一株五百多岁高龄的巨大榕树，可能是黄姚古镇里最古老见证者，历经三朝，目睹了古镇一砖一石的堆砌，溪水一潮一汐的浮沉，数百年风雨沧桑，我自岿然不动。

这龙爪榕因其气根形似龙爪而得名，枝杈盘根，遮天蔽日，树根如蟠龙，皮若裂岩，像个百岁老人，捋着长须，更像一条盘根而上的蛟龙，爪开八方，昂首直上，却又在云中盘旋停驻，绕着树端施展着身段。作为龙爪的一些枝丫已经垂坠到地面，独立再生出一些新枝，似以爪着地，漫步于此。而一旁的清溪如镜，各种角度都能映出不同姿态，时而巨龙伸爪拨弄，时而探身自赏，再换个角度竟是龙头藏怀，害起羞来，也端的是妙趣横生。

龙爪榕的趣处还不止于此，这株五六人环抱的榕树干上几处大如树洞的孔缝，可供孩子们穿跻玩乐，当然要是对自己的身材足够自信，钻进树洞来一张自拍，也是在众人面前展示苗条曲线的绝佳方法。而我们一帮妖艳之人，怎能放过这一机会，直到将手机拍到电量不足，大家才依依离去。

要说黄姚镇中最具仙灵传奇之处，便要数这几口古今罕见的仙人古井了。我们前去时，正遇导游讲这古井传说：

相传一日农历七月初七的清晨，天光熹微，山林河川尚笼罩在一片迷雾中，一位镇中的妇人早起来到此洗衣，刚来到河边，她隔着浓雾隐隐约约看见八仙正在井边嬉戏，时而腾云空中，时而潜入河井，信马由缰地玩得不亦乐乎。她不敢相信自己的眼睛，蹑手蹑脚悄悄靠近，可忽然之间，一阵白雾飘来，迷住了妇人的眼，她端着洗衣盆脚下一阵踉跄。等她回过神来时，早已不见了众仙人的踪迹。

洗衣妇人回去后将自己的奇遇讲给镇上的居民听，居民们纷纷来这口井取水，那一天的水装在家里，竟一年半载不腐不臭，还可用来治皮肤病、腹痛、咽痛等病。从此，镇上的人把这井的水称为神仙水，久而久之，这井自然就叫“仙人古井”了。

虽为传说，可此古井妙处却颇多，最让我们惊奇的是这古井不同于世间常见的一口圆井，而是由纵横列阵的五个长方形方池相连，据说井口内泉水无论旱荒涝灾，始终不变，此是为一奇。

这五个方池还各有用途，顺河流上游至下，五口古井依次为，饮用池、洗菜池、洗衣池和洗手池。如此布置不得不称赞古人智慧甚为巧妙，由于井下水渠相通，各井之间水质难免掺杂，如此按功能而分，从上游而下的清水首先被用作饮用，其下才是清洗同为入口的瓜果蔬菜，而顺流而下洗菜之水对于古人来说也不妨于洗涤衣物，另外古代罕有皂碱等洗涤用品，经过古法捶打漂洗衣物的水，最后也可用于清洗手足。我们与现场游人排队去饮用池里一尝泉水，竟略有甘甜之感，大家当即拿出自己的瓶瓶罐罐，接了好些仙泉。

而黄姚古镇也因此仙人古井的典故，将每年农历七月初七定为当地传统民俗“取水节”，时至节令，居民们便携游人一起，各带容器，如我们当日一般，到此仙人古井来取水求福。

正是，林中仙人请，坐守仙人岭。世间今朝乐，醉在仙人井。

神画十里画廊

一、马猴儿出世

没人知道马猴儿原本叫什么，马爷在村口捡到他时，他还是个裹着几层破布蜷在竹篮里的婴儿。马爷是将花甲的人了，前年丧了老伴，儿子也战死在了塞北，看到弃婴顿起了善心。一路小跑抱了回家。

可马爷面朝黄土耕了一辈子地，从没亲手带过未断奶的小东西，天天拿米汤灌孩子，喂得孩子瘦成了风筝。有时马爷抱着孩子上村口溜达，自己顶着一身皮包骨，脸上风干油黑，再抱着个安上尾巴就是猴子的婴儿。街坊们见了都拿爷俩逗，说老马猴儿又抱你家小马猴儿出来晒虱子啦。逗的人多了，孩子也就被叫成了马猴儿。

时光荏苒，转眼三年，马猴儿虽然长得寒碜，可机灵非比常人。三岁生日时，马爷带着孩子去镇上开眼界，马猴儿拉着爷爷的衣角，一路东瞅西看，没眼皮挡着，俩眼睛都要转出了眶。集市上五彩的纸鸢，斑斓的风车，沿路的白墙黛瓦，有的店铺二楼上有穿着鲜艳无比薄如蝉翼服装的姐姐阿姨们在招呼些什么，爷爷赶紧捂住他的眼睛拽着离开了，还有店铺里传来声如洪钟的叫喊声，一会叫“下注”，忽而又喊“开”，爷爷也堵住他的耳朵快步走开。这一天的新鲜下来，小马猴儿陇没得着，倒是忘了蜀，说什么也不想回去，最后是被爷爷拽着回了家。

次日清晨，爷爷下地去干活，马猴儿便跑到院子里，捡了一根树枝，蹲在地上想把集市上喜欢的事物描出来。昨天自己第一眼被吸引住的是个纸鸢，他凭着自己模糊的记忆胡乱勾描着，半天工夫，一个歪歪扭扭的纸鸢图案才勉强被划拉了出来。

当马爷回来时，小马猴儿迫不及待地把爷爷拉到画作前：“爷爷你看，我画的，这是啥？”马爷眯着眼把头左右扭了好几圈，险些把脑袋扭下来，也没瞧出是个啥，便随口敷衍了句：“嗯，好！咱家孩子就是灵。好好玩，爷给你做饭去。”说罢进屋忙饭去了。

可当小半个时辰后，马爷出来招呼小马猴儿吃饭时，才着实惊了个满眼。整个院子的一小半都被各种大小尺寸不同的纸鸢图案填得满满当当，有大到成人双臂展开大小的，有小到茶碗大小的，各个纸鸢画的方向都不同，每个图案间竟然还能互相充分利用空间，互相穿插又不至重叠。这时的小马猴儿，正蹲在一个角落奋笔画着，手中的树枝已经被磨出尖锋来，而且此时画得越来越快，眨眼之间，便勾勒出一个纸鸢形象，除了点睛的两下，整个图案几乎是一笔而成。

马爷在一旁拿着饭勺看得呆了，眼睁睁盯着小马猴儿在地上运笔如飞，转瞬就又画了几幅纸鸢图，此时小马猴儿的形象忽然在马爷眼中光芒骤起，这孩子的天赋任瞎子也能看得出来非比凡人，马爷愣了半晌，不由自主地嘴角抽动，喃喃地蹦出两个字：“神童。”

小马猴儿自从学画纸鸢一鸣惊爷之后，仿佛是开了天眼，马爷发现这孩子模仿能力极强，他经常拿着一捆粗细长短不一的树枝，逮住一个田间地头的空地，就在那留下几幅墨宝，时而是枝头的喜鹊，时而是田里的黄牛，有时还在村口广场上画出王婶拔葱挖蒜的生活照，让全村都知道王家今天干了些啥，惹得王家媳妇在门背后常备了一把大笤帚，一发现神童在门口偷画，就冲出去把画作扫个干净，折腾得王家没法没法的。

日积月累，小马猴儿勤于练习，作画的水平越来越高，虽不至名扬天下，也算乡里皆知了。每月一次镇上赶集时，马爷带着马猴儿，马猴儿带着“马笔”在镇上集市里一坐就是一天。通常小马猴儿找块宽敞且视野较好的空地，搬块石头往那一坐，把几支“马笔”往地上一摊，见到什么就画什么。各家店铺的陈设，店铺里卖的小玩意，甚至每家店铺的掌柜、伙计都画个遍，画完用脚一抹擦，又是一张新画布。

而马爷的任务一是给孩子买饭，二是要随时清场，因为小马猴儿的名气日盛，每逢赶集，都会有慕名而来看神童的人，每当人流围得水泄不通时，马爷就得出面：“劳驾各位，给让一让，孩子看不见了，劳驾劳驾，请您高升一步。”马爷这套词也是跟周围店铺伙计学的，经常打着拱手边作揖边把人往两旁让。

发展到后来，有人愿意花一文钱站在小马猴儿面前让孩子给自己画像，小马猴儿在地上画完，客户还得招呼三姑六婆一起来品鉴咂摸半晌，同时还得配上“像！真像！真是绝了。”的点评，这才恋恋不舍地允许孩子用脚把画擦去。开了这个先河后，马家爷俩的生意算是开了张，来求神童画像的人排起了长队。马爷既得负责组织秩序，又得负责收钱，忙成了整个集市生意最好的一家。

眼看着爷俩的日子就要走向富裕，直到遇到了一位白发长髯的老者。

那天和往常赶集一样，马爷准备了当天的干粮，还多带了一个装钱的大布兜子，安顿妥当后，小马猴儿搬了个石头当凳子，就在地上用树枝划拉起来。现

在马猴儿抬头看原物的时间越来越少了，最开始是每画个三五笔就得抬头看一眼原物，到后来是画个一半再抬头看几眼，现在是画前记住了就能低头一笔成画。

这次马猴儿画的是麻雀落枝头，从麻雀飞来到停在树枝上，也不过一刹那的光景，普通人把眼珠瞪出血也未见得能看清，但小马猴儿只扫了一眼，就把麻雀伸爪，收喙，展翅降落等一系列动作画得活灵活现，惹得众人一阵叫好。

正当大家齐声夸赞之时，人群中走出了一位老者，这老人家身形瘦小，但鹤发童颜，长髯飘飘，精神矍铄，脸上不见皱纹堆垒。白发在头顶上盘了一个牛心发髻，他一手捋着鬓角须发，一手从地上捡了一块凹凸不平的石块，走到小马猴儿面前道："娃娃，你这画的是凡鸟啊！"

小马猴儿猛地一抬头，眼巴巴望着这位仙风道骨的老人："爷爷您说的什么意思？"

老者微微一笑："你来看这儿。"说着伸手用石头俯身在小马猴儿的麻雀落枝头画上唰唰点点添改了起来，当老者起身时，全场一片哗然。刚才的麻雀落枝头图，此时赫然变成了一只华羽凤凰图。小马猴儿惊得站了起来，拼命揉了揉眼睛，老者捋髯而笑，对马猴儿说："娃娃，你且盯着此画，往后退。"说着用手挥动，示意马猴儿往后退移。

在场的众人一听，也都随着小马猴儿一起向四周各自后退。这一退可不得了，凤凰图居然随着看客距画的远近，呈现出不同的姿态，嫣然是动起来了。可一停住脚步仔细看，凤凰还是一幅静画。

这一下整个集市沸腾了起来：“不得了啦！来神仙啦！”“凤凰活啦！”整个小镇炸开了锅。而此时的小马猴儿就像吃了颗点着的鞭炮一样，嘴已半天没合上了，呆呆地愣在原地。

老者缓步走到马爷面前，一施礼道：“尊子确是命里有此一技，日后将有天命重担要他肩负，但需与我学艺数年，方可成器，还望高瞻远瞩，送他上山学艺。”说罢从袖筒里掏出一个小布包，也没等马爷答应，就塞在了他怀里，“此金不仅供你等吃穿用度，还等此子技成下山之时，让他四处游方之用，切勿推辞。”

马爷一看，这是神仙要收小马猴儿当徒弟，也不问爷俩答不答应。忙问：“我，我这几年能见到孩子？”

老者又是一笑，安慰道：“这学艺几年，来去无妨，你等可随来随走。”马爷听罢放心了一大半，“那，老仙家您住在何处？”

老者抬手一指，就在距马爷村子的不远处，一座南山：“那南山，山腰有个正气府，静候二位。”说

完拱手施礼，走到凤凰画前用宽袖一挥，地上的浮土瞬间腾起，凤凰消失不见，待烟尘落下，仙家老者也没了踪影。

二、南山学艺

这下小马猴儿上学的事算是有了着落，马爷带着孙子回了家，把老者给的一大锭沉甸甸的金子用油纸包好，藏在了床下，神仙说得客气，这钱一是给爷俩的生活费，更主要是给小马猴儿出师以后去各处游历的盘缠，搞艺术亏啥不能亏了眼界。

收拾了些行囊，次日清晨，马爷便带着四岁的小马猴儿踏上了拜师之路，南山离村子也不算远，四十多里路的工夫，大半天的时间二人便找到了老者住的正气府。马爷上前叩打门环，半天也没人应门，奓着胆子推了一把门，竟然吱呀一声开了。爷孙二人轻手轻脚走了进去，不大的一个小院，背山而建，院里空无一人，中间一个正厅，厅后两三间房子。马爷又喊了几声道长，也没人应声，整个房子没有半点烟火气，不像有人居住。

正当爷孙二人不知所措之时，院门咯吱一声，引得两人向门口望去，门外忽然蹿进来几只猴子，刚开始吓了两人一跳，但定睛一看，猴子们各自都拿着些东西，头前走来的猴子似乎拿着一封书信，后面跟着几只猴子分别抱着一些山果和一个布包裹，最后有几只身材魁梧的大猴子竟然合力抬了一口大缸，放在了院中，也不知缸里装了什么。

马爷是一脸惊愕，小马猴儿倒是乐了，这等猴子当伙计的景象，便是在镇上赶集也没见过的，这帮猴子们学人，走起路来一蹿一跳的，甚是好玩。

没等小马猴儿乐个够，带头的猴子已经走到马爷面前，把书信往马爷手里一递，就蹲坐在一旁，像是在等马爷看。其他猴子鱼贯而进，把食物、包裹往桌上一放，转身便退了出去。马爷接过书信展开，信上只有四个大字，马爷皱着眉拼命端详，用尽了毕生所学，总算认出信上写的是“缸空小成”，可并不知道这是何意，抬头展露了一脸迷茫。

一旁的猴子像是看懂了马爷的窘迫，蹿到桌前，径自把包裹打开，里面有一支毛笔和一个小瓶子，猴子拽起笔跑到院子里的缸旁，纵身跳上缸沿，把毛笔往缸里蘸饱了清水，再跳到地上，就地画了一幅山景图，也不知是水有神力还是地面太过吸水，刚画完的一瞬，整张图忽地就消失了，青石地面立即恢复如初，半点看不出有作画的痕迹。猴子表演的这一手惊得爷孙二人上了天，小马猴儿望了爷爷一眼：“爷爷，这是说我还不如这猴子啊！”

还没等爷爷说话，猴子又蹿进厅来，把笔递给了小马猴儿。这下马爷明白过劲来，对马猴儿道：“仙人这是要你用笔把缸里的水画完了，就成了。对吧？这位仙猴……”马爷正要回头问那只猴子，屋里已经空无一猴。

可这缸说来也奇怪，任凭马爷怎么从缸里取水生火做饭，水都一点不见少，像是取之不尽用之不竭，马猴儿也无论怎么蘸水作画也不见水浅一分一毫，一开始爷俩还怀疑这怕就是口井吧，马爷用棍都快把缸底捅漏了也没发现哪里有灌水进缸的地方，后来也就放弃了，心想这神仙干的事，必有深意。马爷也就安心天天陪着孩子练习，一日三餐伺候大孙子，为了生活便利，马爷把原来家里的地包给了村里的人，家里的细软也搬到了山上，尤其那一锭仙人给的金子，也拿来和小瓶子一起供到了大厅桌上的匣子里，并且在院子附近开了一片荒地，把以前家里的生活基本搬到了山上。

小马猴儿日复一日地勤学苦练，平日里去山间采风，然后回到院子里一一把记下的东西画出来，随着练习的加深，他已经能绘出连续动态的多幅图了，当初的一幅麻雀落枝头，现在已经能用十幅图把整个鸟的动作给画出来了，而且由于院子的神奇功能，图一旦画完就立即消失，所以只要他画的速度足够快，就能让人的眼睛在上一幅图的留影消失之前看到下一幅影像，几张图的成像速度一快起来，就像是画活了一样。

这个绝技别的地方可没有，为此小马猴儿已经和爷爷玩过很多次小人打仗的活画了，马爷在一旁讲马上征战的疆场故事，小马猴儿边听就边在地上、墙上迅速画出场景，有好几次爷爷都声称仿佛看到画活了，墙上好像真的有人跃马横枪要冲杀出来一样。

岁月穿梭，一晃五年，马猴儿从当年半人高的小瘦猴子，长成了个白胖的半大小子，这么几年，虽然缸中的水一点也不见少过，但他仍然凭着一腔热情，每日坚持练习。这整座山周围二十里的花鸟鱼虫和景致已经被他画了个遍，光是各类昆虫就画了好几百种，现在的他已经完全不需要参照任何实物实景来创作了，只要是他见过的东西，抬手就能绘出各种姿态。

这天，小马猴儿像平日一样，在院里练习，抬手蘸水时，忽然指尖没有了笔尖触水的感觉，突然的笔头蘸空，让小马猴儿心里一惊，忙站起身扒着缸沿往里看。缸里的水面不知何时，已经下降了一寸多，露出了因常年浸泡水面和缸沿形成的一圈痕迹。更神的是，现在的水面围绕缸沿一圈，分成了几十种色彩，每种颜色之间都没有明显的边界，仿佛交融在一起，如一个色彩绚烂的风车。这可把小马猴儿喜上了房，自己用清水作画这么多年，即使画得再像，也难以栩栩如生。

“这下可好了，有了颜色，我就能给你画活了！”小马猴儿乐得喊了出来。伸手用笔的三个面，分别蘸了三种深浅不同的绿色，转身挥毫在墙上画了几根竹子，这次画完以后消失的不是墙上的画，而是笔头上的色彩。马猴儿顿时玩心大起，反手蘸了些深浅不一的红色，提笔又来了一丛红色的竹林，可正当马猴儿得意忘形之时，墙上红色的竹林忽地消失了。

小马猴儿瞬间收起了笑脸，“哎！？这可奇怪了。这是我画的不好就会消失吗？”他疑惑地用笔又蘸了些蓝色，眨眼又是一幅蓝色竹林，这次画的尽量认真仔细，惟妙惟肖了很多。可刚一抬起笔，蓝色竹林也不见了踪影，墙上只有那幅绿色的竹林图仍然存留不灭。小马猴儿这下就摸不着头脑了，要说绘画水平，应该是刚才最用心的那幅蓝色竹林图为先啊，为什么也消失不见了呢？小马猴儿正想搁下笔上前观察墙面有什么玄机。

院门突然吱呀一声开了。

小马猴儿也没回头，“爷爷，你快来看，水缸终于有变化啦。”说罢向身后招手唤爷爷过来，可等了半晌身后也没动静，马猴儿隐约觉得气氛不太对，猛一回头。几年前在自己面前画凤凰的老仙人赫然站在眼前。

三、神笔马良

“老、老、老爷爷！您来啦。”小马猴儿也不知道该叫什么，爷爷以前常告诉自己就是这位仙人爷爷要他来此学画的，爷爷一会儿叫他是神仙，一会儿说他是老道长，也没个准词，自己这么多年也没见过他一面，现在突然出现在自己面前，难免惊慌失措。

仙人看了看小马猴儿，又看了看墙上的竹林图，微微笑了一声问：“娃娃，这几年可有长进啊？”

这下算问到小马猴儿心尖上了，他几乎是跳着回答：“有有有，太有长进了，这么几年我把这山里的东西都画了个遍，现在不但能画静画，还能把画画活了呢！”

仙人又是一笑，“哦？怎么个画活法呢？”

小马猴正急于汇报表演，可突然愣住了，说：“本来昨天还行的，今早起来，这缸里的水就变了，画完了也不消失了，但是刚刚我画的又消失了。”孩子一急，话说得前言不搭后语。

仙人又问："那这世间之物，是本应该消失，还是本不该消失呢？"

"呃——这个，这个……"这个问题对一个九岁的孩子来说是断然答不上来的，这两下逼得小马猴儿面红耳赤。

仙人没再追问，转身进厅，拿出了马爷收在匣子里的小瓶，来到小马猴儿跟前道："娃娃，你来看。"

小马猴儿顺从地听命抬头，仙人把小瓶的木塞拔开，顺势一扬手，把瓶里的液体泼在绿竹画上。转眼之间，墙上的画开始慢慢脱离墙体，一节节的竹子像是从墙里长出来一般，从墙上逐渐移到了地下，没一会儿工夫，地面上便多了一丛和画一模一样的青竹。看得小马猴儿在一旁呆若木鸡，好在经历了这么多神奇事件，这已经不能把他惊出个好歹了。

小马猴儿刚要开口询问，仙人忽然转身正色一指马猴儿道："顽徒跪下听真！"

吓得小马猴儿赶紧整了整衣服，慌忙拜倒，口称："师父在上，徒儿受教。"

仙人道："世间万物，顺天道者生，逆天道者亡，此乃所以该与不该消失。懂了吗？"

小马猴儿懵懵懂懂，怯生生低着脑袋点了点头。

仙人一看孩子就是没懂又不敢说，轻轻摇了摇头，命道："你且抬头！"说罢拿过笔来，往缸里一蘸，见他袖袍只微微动了一下，一幅雏鸡图就成于墙上，这幅图，画的根本不用泼那神水都像是活的。仙人随即一抖瓶子，水刚刚沾到雏鸡图上，那雏鸡就跳下墙来，在院子里跑了起来。

小马猴儿这个兴奋，正想起身去捉鸡，但一看师父脸色，又顾自跪下了。

仙人说："这便是顺天道而生！来，你再看！"话音刚落，墙上又多了一幅怪兽图，仙人画了一只虎头、羊角、牛身、猪蹄、马尾的巨型怪物，并且在最后一笔画尾巴还没有收笔的时候，将神水泼了上去，然后拉起小马猴儿往后退了十几步。这只怪兽，明显比刚才的雏鸡下来得慢得多，而且出来的部分看起来病快快的，一副垂死之态，到最后整个身体都出来了，尾巴仍卡在墙里，怪兽摇摇晃晃在原地站了不到半盏茶的工夫，便倒地身亡了，随后化作一缕青烟，墙上地上都没了踪影。

仙人一指刚才怪物的方向，对小马猴儿说："此为逆天道而亡。我赐你这笔，日后能画人间万物，所画之物皆能成活。画善物则益，画恶物则害。懂了吗？"

这下小马猴儿大概明白了，连连点头称是。

仙人又道："我这正气府，能辨正邪，顺天之物可存，逆天之物则灭。你若是真懂此理，日后切不可再胡乱作画！”

小马猴儿听罢此言，立即想到之前画的红、蓝色竹林，是世间不存在的东西，所以墙上留不下痕迹。忙纳头拜倒：“弟子马猴儿知错了，以后再也不敢乱画，如有违逆，任凭师父责罚！”

仙人一听小马猴儿这自报的名号，微微蹙眉，稍一思忖，又道：“往后你且要游历四方，用你之能为世间造福。善恶往往只悬一念，你的心中万万要存一个‘良’字。今日为师赐你马良之名，日后便以此名去见世间善恶吧。”

马良一听，心中大喜，马猴儿这个名字自己年龄越大听着越别扭，只是这么多年叫惯了。今日师父赐自己了个新名字，顿时上品了好几个档次，便连连拜倒称谢。

师父一摆手，示意马良不用走这些客套过场。随即把笔尖伸进了神水瓶里，浸泡了少顷，递给马良说道：“此笔名叫‘人间画笔’，已吸饱显真水，现在你所画的一切都能变成实物。切记此笔一不可出此院作画，二不可在院内画山川湖海、屋宇楼阁，你可记住！？”

马良忙又重复了一遍师父的话：“这笔现在牛大了，画啥都能变成真家伙，千万不能到院子外面去乱涂乱画，也不能在院子里画海画楼。”

师父又道：“待你把水缸画空，可得小成，到那时，为师再赐你‘天地画笔’，你便可下山，惠及苍生。”

马良再次谢过师父，跪倒磕了三个头，一抬眼，师父又没影了。

但这下马良可欢实了，今天水缸升了级，笔升了级，自己名字还被升了级，真没枉费自己这几年的刻苦坚持，现在也给爷爷升个级吧，正好检验下自己的新装备。想罢，稍微默想了下爷爷的身形，提笔就在墙上仔仔细细地画了一套俊俏的衣服，刚一抬笔，衣服就从墙上掉了出来，马良忙伸手接住，捧在手里又摸又看，这料子，这款式，都是自己想要的样子。马良喜出望外，毕竟这是自己送爷爷的第一份礼物。

天至黄昏，马爷刚一进门，先是被满院马良画的飞禽走兽吓了个趔趄，以为搬来邻居走错了门。在听马良把今天的奇遇复述了一遍，穿上了马良画的新衣服，才算云开见日。

一晃又是五年光景，水缸已快见底，现在马良每次蘸笔可费了老劲，得半个身子探进缸里够半天才能画上两笔，这院里院外也添了无数的摆设，迎客松，龟甲竹，车马厢轿，熏香炉，玉尊象，黄金马，玛瑙方凳，珊瑚塔。

而这些画出来的名贵之物爷俩也不用，多的都拿到山下救济穷苦人家，这些大件不便搬动的也一股脑都给堆在院墙外面，院里尽保留了些日常应用之物。

这几年为了增长马良的见识，爷俩也没少去采风，镇上的高档酒楼，高级当铺，甚至连知府衙门，爷俩都在门口往里瞅过。这天爷俩刚从山下回来，还没到门口就傻了。

“咱遭贼了！”马良喊了出来。

“哎呀坏了！”马爷看着院外本堆成山的东西全不见了踪迹，急得一跺脚。

爷俩忙冲进院门，这下更傻了，院子里空空如也，原来的大厅，客房，全夷为了平地，只剩一口缸杵在那儿。

“这贼人狠得有点过了吧，房都偷？”马爷一叉腰，这回是真长了见识。

马良此时反应过来了：“爷爷别慌，可能是师父来了。”

话音刚落，师父从院门款步进来。马良赶忙拜倒，马爷也跟着就要拜，仙人虚抬手一搀，对马良道：“徒儿，如今时日已到，你可有准备？”

马良从水缸见底的那一刻就知道师父快要来了，忙叩头：“徒儿已待多年，愿往下山。”

师父随即从袖中抽出一支比马良那只粗得多的笔，一指马良爷孙：“二位随我来。”

三人前后出了院子，仙人拿起粗笔，对着院子隔空画了几笔，陡然间，几面院墙突然耸起，化作山石，院门也猛地变高变大，化成一座塔一般的石碑，仙人随即上前，提笔在石碑上写下“天地神笔”四个巨字。虽为毛笔，但落笔成刻，每一笔画都入碑三分，如凿斧篆刻一般。

仙人随后把粗笔横摊在掌上，喝了一声：“马良听真！”

马良立即拜倒：“弟子受教。”

仙人一字一顿地厉声说道：“今日，赐你‘天地神笔’，此笔能画天地万物，阴阳、黑白、大小皆存于你心，心之所念，物之所成，一念善则天地明，一念恶则天地暗。你可敢受此笔？！”

马良一听，这天地笔可比人间笔厉害多了，自己也顿感责任重大。定了定心神，朗声答道：“弟子受师恩多年，定不负嘱托，世间苦境，弟子愿往！”

仙人微微一颔首：“马良接笔！”说罢一抖手，将笔向马良抛去。

马良站起身来，一个跨步伸手就要去抓，可这笔竟然在空中自己转了个弯，马良一手抓了个空。随即一怔，瞄准了笔的轨迹，跳起来伸手又去一拦，可笔在空中就像招猫逗狗一般，惹得马良扑腾了好一阵也没摸到一根笔毫。

仙人在旁边又喝了一声：“敬万物，方可画万物！”

马良愣了一下，马上便懂了师父所言。当即正心意诚，俯首跪下，双手摊掌高举过头顶。没过一会儿，天地神笔竟飘飘摇摇自己躺到了马良手上。

仙人这下才温言道：“时机到了，马良你下山去吧。”说完金光散出，踪迹全无。

马良把神笔收在怀中，对着师父消失的方向又磕了三个响头，这才起身和爷爷一起下山。

四、十里画廊

安顿好了马爷，又把家里的老房翻新了一遍，添置了些家用、细软，与爷爷几番拜别，马良这才带上

几年前仙人给的金锭，踏上了游历之路。

马良怀揣神笔，初行选择了南下，一路上穿州过府，每到一个地方，都先打听当地的疾苦之事，若是有乡民生活困苦，他要么趁着夜色给人家里添置些救济之物，或者直接把自己身上的金子换成些散碎银子，分发给别人。虽然他尽量不露声色地帮助沿途乡里，可做的好事实在太多，总有百姓在夜里看见过他挥笔成物，把他惊为天人，便一传十，十传百，一路上的人们都知道了有个少年善人，手里一支神笔，能点石成金，画影成物。

这日，马良行至贺州地界，方圆几十里尽是荒山野岭，草木凋敝。

马良觉得奇怪，自言自语道："明明大好的南国山水，怎么到了这里如此萧瑟？"眼看天色将晚，周围不像有村落人家，他掏出神笔打算画座草房用来今晚暂歇，刚刚起笔画了个草墙。

突然背后一声怪叫："别动！动了弄死你啊！！"话音还未落，一支箭从马良背后袭来，贴着他的脑袋嗖地掠过，扎进了草墙里。马良哪曾经历过这个，当场吓得神笔掉落在了地上。此时身后一阵繁杂的脚步响起，一群埋伏在不远处的匪人奔袭过来，瞬间两把明晃晃的大刀就架在了马良脖颈上。

为首的匪人从马良身后弯腰捡起地上的神笔，把在手里左右端详了半天，用浓重的方言问：“你就是那个能变戏法的小孩？”

马良不知这些人的来路，但心知绝非善类，一时没有回答。匪首见他不答，发了脾气，抬手用刀把重重地捅了下马良的腰眼，疼得马良大喊一声。

匪首用刀背拍着马良的脸道：“你不是个哑巴呀，问你话呢！这是不是就是那支什么都能变的笔！？”说着左手举起神笔，在马良眼前晃了晃，右手作势又要打。

马良看这帮匪人暂时强扭不过，无奈地点了下头。

匪首哈哈狂笑：“这就对了，劫的就是你！刚才看你画了半截房子，就知道这趟没白跑。”说罢回头一招呼：“李三儿，你过来，拿这笔试试。”随即把神笔交到李三手中。

这李三像是略有两下书画的功夫，自己从怀中掏出一方砚台，用唾沫润了润，拿神笔蘸了墨，就地画了一个黑乎乎的元宝，一帮人守在原地傻等了半天，也没见元宝成真。土匪头子上前拿脚踩了踩，又趴下撅着屁股想把元宝抠出来，折腾了半天，骤然火起骂道：“你这混账，竟敢耍笑我们！这破笔是假的！”说着一把打掉了李三手中的笔，拔刀就要砍向马良。

一旁的李三赶忙拦住：“王哥，别啊，肯定是有咒语，这小子没告诉咱。”

匪首一怔："要不说你读过两天酸书还算有点用。"用刀尖抵住马良左脸，恶狠狠地说："小子，快说！这鸟咒语是啥？！"

马良都快哭出来了，看着神笔被这帮匪人这么糟蹋，还沾上了墨渍。自己向来把这笔看得比命还重要，从来没让别人碰过，现在神笔被摔到地上，也不知道还灵不灵了，一股怒火翻腾，咬着牙说："没什么咒语！你们要杀便杀。"

匪首一听这激将之言，眼中瞬间杀意骤起："当我不敢？！"又要举刀砍去。

李三一脸苦相又把他拦下来："王哥，咱求财，求财。别犯浑，你一旁歇会儿好不好？别气坏了身子。"说罢把匪首拽到远处，转回来对马良和气道："小兄弟，我们也是穷苦得狠了，才听任这村中一霸出此下策。你要不还是给我们变几个金银出来，就算今天放了你，回去我们也得被这王霸天折腾死。"这番话说得倒也诚恳，而且这李三全程一脸苦相，倒有几分像是被迫干劫道的。

马良皱眉思考着，一时犹豫不肯。李三忙示意两旁把架在马良脖子上的刀撤去，俯身捡起神笔，用袖口擦了擦，躬身递向马良。

马良刚要接，一旁的匪首大喝一声："呔！你可别耍花样，想变个东西出来制住我们。只能变金银！”说着拉弓搭箭，对准了马良。

这句话说破了马良的心思，他正想着画个什么东西好脱身，可画笔再快也快不过箭，一咬牙，先糊弄过这帮匪徒再说吧。

马良伸手拿过笔，刚握在手里，笔尖上的墨迹便消散开来，恢复如初，这下马良有了底，略一沉吟，计上心来。抬笔隔空挥舞，画了座一人多高的金锭小山，停笔的一刹那，数万两的黄金凭空出现，一座金山光芒四射，马良上前抽出一块，金山随即哗啦啦的堆卸了一地。

果然，这一举动激得一旁的众人蜂拥而上，大肆哄抢，马良趁乱撤出人群，刚想画一匹快马逃走，突然有人喊道：“你个杂种！被骗了，这是假的！”

这倒让马良大吃一惊，自己计策是趁匪人哄抢金子之时逃走，可没有画假金子，此时竟也顾不得逃了，回头看去。面前的金山正在逐渐失去光芒，一点点变成了石块，“这，这，怎会……”马良此时脑中一片空白，呆呆看着手中神笔。

匪首王天霸气得暴跳：“你这混账耍弄我！”抄起一锭石块向马良扔去，正好砸中马良额心，马良顿时眼前一黑，栽倒在地。

再等醒来，马良已在一张破床上，动了动手脚，没有被绑住，但头痛欲裂，马良挣扎着坐了起来，环顾四周，房间内破败不堪，尽是年久失修的破墙漏窗，星星点点的透进晨光，还好自己的神笔在一张残损的桌上，马良松了一口气，下床便要去拿。

可一阵响动似乎让外屋的人察觉了，外面响起蹒跚的脚步声，一位老妇人挑帘进来，手中端了一个粥碗，看见马良想挣扎下床，忙摆手道："孩子快歇着，你这伤得不轻。"

马良搞不清情况，忙下床抢前一步，把神笔拽在手中。

老妇人见状也不怪，把粥碗放在桌前，顾自坐下，缓缓说道："孩子，你莫怕，只怪我那逆子，浑浊闷愣，瞒着我去带人干的这浑事，真是苦了你了，我替这逆子给你赔不是。"说着就要起身跪拜。

马良这时明白了一二，许是这老人家的儿子带人劫的自己，但见这老妇人要给自己跪下，忙上前一把搀住："老人家，这使不得，使不得。"

老妇人长叹一声，转身出去，马良听见外面老妇人的声音："你给我起来！进屋给人赔罪。"

然后是那熟悉的匪首声音："娘！这时辰还没跪够呢。哎！娘别打，别打，累坏了您，我去就是了。"接着像是起身拍土的声音，不一会儿，这王霸天进了屋，立在那愣愣地盯着马良。

"跪下！"身后老妇人一声威严的呵斥，这大汉扑通就跪下了，一个劲捣蒜般给马良磕头，口中来回回念叨一句："我错了，我错了，我错了……"

马良在一旁倒有些尴尬，但看眼前这匪首和之前判若两人，不像是再会起歹意的样子，便摆手道："够了，够了，这位……这位，壮士。"

老妇人见马良消气，冷脸发令道："出去，接着跪！"

这儿子哎了一声，爬起来退了出去。

老妇人又是一声长叹，请马良坐下，端起粥来让马良一边吃，自己一边谈起了这事的来龙去脉。

原来这里是贺州治下的一个村县，由于地势偏远，土地贫瘠，难以开垦，也没有特产，官府也懒得治理，这里便越来越穷困，穷到后面，连人都饿死了，百姓们便起了歹心。这位老妇人的儿子平时也只是浑了一点，对父母可是孝顺之极的，可上月父亲饿晕了一头磕在石阶上再没起来，他怕自己老母亲再出个好歹，就瞒着母亲招呼上乡里一帮人，根据传闻去劫了马良。

马良听罢也一声哀叹，自己一路游历下来，又有几个穷乡苦镇不是这类情况呢？"也罢也罢。"马良站起身来，"看来这治穷还得治根，老人家，我便要在这里叨扰一段时间了。"

老妇人早也听说儿子带回来这孩子不是凡人，看来这是要造福当地，忙连连应诺。

马良请老妇人把他带到村中一个宽敞的空地，先是各画了一块金锭和银锭，果然，没一会儿金银又变成了石块。马良觉出味儿来，看来这神笔不能直接画金银钱财，沉吟一会儿，想出个好方法。

随即马良在空地上画出一座比房还高的粮仓，告诉几位前来看热闹的村民，请转告全村老小，让大家尽快来此领粮，此言一出，没半炷香的工夫，全村几百村民都携筐带篓的集合在了粮仓前。

马良登上一处高坡，对众人喊道："众位乡亲们，我前来贵宝地，是来帮助各位脱贫致富的。今日大家可在此领取足够的米食，从明日起，我便在此开设学堂，各位无论男女老幼，来此学成一课，便可再取粮一次。"说罢挥笔当着众人，画出了一座窗明几净的学堂，百姓们先是呆愣在当场，随后大家纷纷拜倒："真是神仙啊！""救苦救难的活菩萨……"

自此以后，马良的学堂每天座无虚席，渐渐的附近乡里都陆续来这上课领粮，不到半年，神笔马良的事迹在整个贺州境内人尽皆知，而贺州的百姓也多能识字答对，文化水平上了好几个台阶。

这天，马良停了课，带着几百名学众，登上不远处的一座山顶，对众人道："初来此地便跟大家说过，我来是为帮扶各位一改贫困，如今诸位各自学有所得，我便再送一份可供千百代享之不尽的薄礼吧。”

众人听罢纷纷咋舌，这位马仙人年纪不大，可变画成物的本事，很多在场的乡亲都是亲眼见识过的，便有人当场问道：“先生这是又要使什么法术了吗？”

马良微微一笑，转身看着山下这片土地，构思了一会，提起笔来，把原本贫瘠荒凉，草木枯零的黄土地，画成了万亩良田，平地上的田里分出了稻、麦、麻、豆，山坡上则画出各类桑、果树木，良田遍布之处，还配上几十头耕牛。

画完这些，又转到山峰的另一侧，依照山势地形，把洼地画作一汪静湖，在湖中点上万朵粉面荷花，顷刻间圆硕的碧绿荷叶也铺满湖面。再挥毫将塘边矮山改成一列列拔地而起的山峰，各峰罗列像千帆竞渡，雄奇的山峰和荷塘构成了一幅秀美的山水画屏。

沿着山地走势，又在湖后画出似刀剑林立的各色山峰。这叫八仙过海，这是犀牛展角，这为雨后春笋，再来个观音坐莲，马良越画越兴起，边画边给笔下的山峰起着名字，山峦画完，又顺手晕染出山脚湖边的半岛绿地，最后画笔一抖，点点山花随之绽放。

身后的众人已经惊呼得快哑了嗓子，马良浅然一笑，收笔入怀，自己也欣赏了一会儿笔下的画作，这湖光山色，碧草粉花，绵延十里，美不胜收。马良突然兴起，对众人说道：“不如就把这里叫作十里画廊吧。”

乡人们一听，连连称赞，人群中有人说道：“如今小仙人不仅给了咱们万亩良田，还赐我们这绝美的山水，您的大恩大德，我们世代难忘。仙人您再给我们留下个您的神像吧，我们子子孙孙，好感念您的恩情。”

马良连忙摆手，“我不是什么仙人，我也是穷苦出身，只是想尽己所能帮助下大家罢了，万不敢当立碑刻像。”

可众人齐身拜倒，祈求马良定要留下碑像。

马良拗不过大家，顿了一顿，说道：“如此的话，那这样吧。”说罢掏出神笔，转身又在十里画廊里添了一座神笔山，以纪念自己今日之举。

如此一来，众人皆大欢喜，簇拥着马良回村庆祝。次日，马良辞别乡里，在全村全县的欢送中，再踏上了游历之旅。

而此贺州的绝景：十里画廊，经过千百年风雨雕刻，游人鉴赏，一直延续到今天，仍然静待着天下游人前去一品美貌。

十年修得天人技，
里见圣贤终成艺。
画中种有千年树，
廊下百世因此益。

水墨人间

初来这百里水墨画廊，此地还未落成，时至盛夏，只见漫山田野如画、满塘荷花飘香，一派接天莲叶无穷碧的盛景。几十台重型机械日夜不停，似在赶工贯通水系，入口接待中心已初见成型，观景道路也正铺设，处处能感受到蓄势待放，朝气勃发。

如今再访画廊，许是被这水墨飘然的感觉给吸引，网络海报上见到这如今已成墨色晕染、仙山楼阁的故地，魂魄便被勾来了。

说到水墨，并不只是宣纸上的点染勾勒，更重在“气韵”“境界”。我爱诗，也爱画，而水墨则诗、书、画一体，诗为画之意，书为画之骨。技法之熟，可呈胸臆；画面之外，可留思想，这便是水墨的高下所在。

此地名叫百里水墨画廊，便是将此意境施展到了极致，下定再来参观的决心后，跳上车便匆匆踏上行程。

画廊地处萌渚岭与都庞岭两大山脉之西南，四周土山高峻连亘，多喀斯特和岩溶地貌，众所周知，此类地貌盛产嶙峋怪石，而怪石盛产故事传说，沿途便依稀遥见了好几处如刀似笔的山峦，随着汽车移动，峰峦也现出各异的神态，让人更加期待画廊之景。

来至景区，发现竟可驱车观景，顿时大感新鲜，迫不及待想体验自驾观景，却猛然被气势恢宏的景区大门吸引。这大门与普通景观所设牌坊、拱门不同，极为罕见的采用建筑群来构建，门楼、餐厅，甚至商城几组建筑都融入一个大门的整体，不仅大气磅礴，还颇具功能性。

门楼采用岭南园林风格，白墙黛瓦，精雕细琢。但见仿古木的屋顶，把雕花、浮雕再现得灵巧细致，

还融入了钟山古民居元素，体现出传统建筑、自然风貌及深厚的人文底蕴。光大门就值得让人玩味一阵，人文风貌魅力喷薄而出，不知一会儿进入景区的自然风光能否给人惊喜，真是期待值爆表。

此时为了细细品味景观，我放弃了驾车进入景区，选择了步行，而其后还真为这个选择感到庆幸。

踏进大门，还是那片熟悉的荷塘，此时已是十二月，荷塘虽不至“秀樾横塘十里香，水花晚色静年芳”，却也是“艳妆临水最相宜。风来吹绣漪”。池水碧波映峰丛，一醉一人红。镜水倒映出周围的山林景色，随着角度变换，构出各色天地重影，且妙就妙在，此地的峰林别致，时而高耸入云直插苍穹，似刀如笋，时而又双峰勾连，状如元宝，在水中又能形成水天双境的诗意组合，构图百变，一变一画卷。若是还有闲暇，真是想在此临摹出这鬼斧神工的仙境，才不枉了这水墨画廊之名。

绕池转了大半圈，水面一步成一景，照片已拍过一百张，没有一张是重复的。走得有些乏了，便径直坐在翡翠半岛的绿毯上歇息。名称起得诗意，而这临水的半岛是一个大草坪，其中一部分像半岛般突入荷塘中，草坪上铺青叠翠，碧草连天，与荷塘池面又形成近处芳草萋萋，远处水天相接之景，若是摄影会找角度，还能拍出沃野千里的磅礴气势来呢。要和友

人、亲子同来，一人在近处做摊掌状，另一人在远处站立，镜头选好角度，便是一张站于手掌上的趣照。

再往前行，故事便层出不穷了，且各峰各景间的故事还相互勾连，走一路下去，便像听了一部连续剧。

正如公婆山与蜡烛峰：传说古代，此地生活着一对瑶家夫妇，丈夫高大健壮，勤劳勇敢，妻子美如仙女，落落大方。不料当朝昏君，广选民女充实后宫，妻子不从官府选秀，两夫妇被迫出逃，眼看要被官兵捉拿时，突然电闪雷鸣，官兵被雷劈得四散，而这对夫妇化作石山，便是公婆山。

而夫妇出逃之时，家中红烛依然长亮，后也化作了蜡烛峰。

故事动人，景也如其名，公婆山为两块相互依靠的冲天巨石，夫石正襟危立，似有一身浩然正气，而妻石婀娜蜿蜒，石脚与夫石尚有数十米之隔，可石首依偎在夫石怀中，状如故事所言，两人在危难之际，丈夫将妻子揽入怀中，毅然不屈。要是能有人用水墨画作再现此情，那便真是景上佳景。

水墨画廊中如此故事景致还有十余处，可这里的有趣之处并非仅有山水静景。

若是游人对自己体力自信，还可来此挑战极限攀岩。这里的攀岩峰如刀砍斧剁般平整，几近与地面垂

直，岩壁略有缝隙可借力攀爬。可惜我一弱女子，不以筋骨能，远观欣赏壮士高人一展才能便足以，于是便溜到采摘园去。

入园才顿感是女人天堂，我来正是贡柑采摘时节，画廊本地的贡柑在明清已被列为朝廷贡品。望这硕果满园的景象，心情随之大好，随手摘下一个，端的是鲜嫩水灵，清香扑鼻，剥开入口一尝，汁甜肉嫩，粒粒珍珠。一边采摘，一边心绪也跟着鲜果灵动起来，看着满树晶莹香柑，仿佛年龄也显得晶莹了，要比那攀岩有趣百倍。

但乐极生悲，一时连吃带摘，采得太多，便没了力气继续游览，抱着一大堆收成回返起点。总观这水墨画廊，山水意境独树一帜，景色可谓深邃、雅致，攀岩、采摘也是趣味横生。只可惜因贪吃贪拿，瑶族风情园、田园雅筑等景点还未游览，也罢也罢，留作小遗憾，更期待下次精彩吧。

一笔一画晕开仙，
一撇一捺作人间。
一贫一富风云转，
一山一水一洞天。

学生CEO

若干年前的大学有个代辅导员制度，学院挑选几个平时爱学习、热心肠的大三学生，分配到新生班给辅导员帮忙。

我负责大一（二）班，像带着巨婴一般负责查寝、点名和答疑解惑。新晋的大一学生，脸上泛着暑假还没挥霍干净的荷尔蒙，像早市上鲜活的小龙虾，挥着一对螯钳，四处亮相问好。

军训后的迎新晚会，是新生的大事。临近中秋，学院还准备了月饼，我当时与辅导员一同给新生发月饼。

那是我第一次注意这位CEO学妹。她有些清瘦，但脸色白净，皮肤吹弹可破，长相不算惊艳，却也是个美人胚子。穿一件米色束身的卫衣，一条牛仔铅笔裤，齐肩短发，一副眼镜下双眸坚定而自信，神色自带几分气度。初见的第一面，她这种气质就无形地牵扯着我的注意，完全不像普通新生般一股奶气怯怯的样子。

她走上讲台，洪亮地介绍："我叫×××，来

自四川成都，是个直爽的人。希望和大家共度这段时光。”她故意用四川方言介绍，听起来和气质有些违和，而且似乎已经注定了所谓“这段时光”并不长。她迥异的气质立即让在场的师生都纷纷侧目，这是她的聪明之处，在万花丛中独做一只红，一句话就让大部分人记住了她。

她说话很快，像一把撒到地上的豆子，清脆干净地蹦着：“我来这也是想担当咱们这个班级的班长，相信我能和大家一起带着我们班跑得更快！希望大家能看得上我！”话音落下，整个会堂就已炸开，新生基本分为两派，欣赏派的男生居多开始鼓掌叫好喝彩，厌恶派的几乎是女生，似乎想立马和她划清界限。

一通闹罢，她也礼貌地抿嘴笑着迈步下台，平静中带着一丝包容，像是幼儿园老师面对一帮无心犯错的孩子一般。接下来的歌舞表演、迎新节目并没更多出彩，倒是各位老师在歌舞间隙都不同程度的关注起她来。

活动结束后，我叫住她，说你这么初来乍到就如此强出头，以后同学关系可能不会太好处啊。她淡淡一笑，说学姐你说得对，不过以后一定会好处的，姐你就放心吧。说完还一拍我肩膀，径直转身回了宿舍。弄得我愣在当场，竟不知如何对答。但日后的种种奇事的确印证了这位气场女王的承诺。

次日新生领书，几个大二代理辅导员需要带着各自班的同学各显神通，或全体出动徒手搬运，或全班出钱租三轮车拉，把新书从库房运到教室里分发。我早晨起晚了一步，没有抢到租车的名额，正想动员全班去做搬运工，一辆小轿车贴在我身边突然停下，我开始一阵惊诧，转头有几分恐慌地往车窗里看。随后车窗降下，气场女王探头出来问："学姐我看别人都在往那个方向走，咱们也要去吗？"当时雷得我语噎，直到她拉着我上车，一溜烟跑到库房门口，我才好容易问出口："你这哪来的车？"

她反倒一脸惊奇："我买的呀！？"

"啊，你家这条件挺优越啊。"我语气不定的叹了句。

"嗨！没花家里的钱，我炒股赚的。是要搬书吧？下趟该拉几个男生过来。"说完自顾自地下车打开后备箱，跟库管员对接起来。等我缓过神来下车走到库管员面前，她已经搬完一大捆了。

或许，奇人自有异相，这句话的确是自有几分道理的，别人管不了，但在她身上，这股浓烈的异相，真是让连我在内的象牙塔中人在以后的很长时间一直都保持着强烈的刺激。

通常要持续整个上午的分发新书，核对课表等事务，在她的组织协调下只花了一个半小时就妥善完成了，别说第二趟被她用车拉走的几个男生，连我这个名义上的辅导员都面有愧色，心里虽然暗暗佩服，但真要说起来，自己徒长两岁，多读两年书，可被这孩子的气场一比，真是什么也不是。

在散会回宿舍的路上遇到还在辛苦搬书的其他班同学时，大家脸上那股得意劲，随着她的带领，渐渐生长了出来，直到那时，我算第一次深切感受到了领导力的能量，或许这孩子真是有天生的领导才能，我当时这么单纯地认为。

可接下来发生的一连串事，让我，甚至让周遭认为她只是个富二代的教师们都跌断了眼镜。开车上学的小风波让小女王头顶烙上了“富二代”的标签，当大家用这个标签解读她时，会释然许多：“哦，原来她是个富二代，我爹妈要是有钱，我也能那样，没什么了不起的。”如此一来，心态平和多了，原来不是我不努力，是我父母不够努力，如此我又能继续心安理得地享受象牙塔的平静了。

可这种平静，很快就被几个星期后的社团招新打破了。节日般的社团招新在校园主路上布置出了一条繁华商业街，传单，彩带，吉祥物，入社的新生还有免费甜点、饮料享用，各类社团用尽方法招揽主顾。

其他新生逛的是药店，找到自己对症的铺子，几番讨价还价就抓药走人了，通常自己身上也就一两种病，找到对口能治的项目就行，多逛自己不会的摊位也是去丢人。可这位小女王逛的是美食街，基本上沿途各家都招呼一下，从最热闹的摇滚乐社团，上去拨弄一段贝斯，打几个架子鼓伴奏，转而到古典乐团，拉两下提琴，弹一曲钢琴，玩高兴了又跑到美术社去写几笔书法，画会儿水彩，再到外语社跟人用英、日、俄语聊大天，这一路下来就没她不会的。刚开始还没有引起很多人的注意，只是在每个社团逗留的时候，每家各自觉得此女是个人才，铁要挽留在自己门下，可来回这几天多走了几趟这条街，大家就渐渐开始品出味来了。

这孩子不只是人才，怕要是人才头上加个二，得是个天才吧。

新鲜的八卦总像星火掉进了枯林，没几天就烧遍了整个学校。传言经过无数次演绎，最后大致定版为：今年新生里有个神人，父亲是某地产大亨，母亲是某明星，爷爷是国字头高官，奶奶是旅美文化大使，哥哥是某乐队主唱，姐姐又是某文坛巨匠，总之把娱乐、经济、政治新闻里能找出来同姓的大咖光环一股脑地给扣在了她头上。自此以后学校夜里也不再开路灯了，请她往最高行政楼顶一站，整个校园就亮如白昼。

然而正当大家都以为她出名以后要在学校里掀起

一阵风浪的时候，她却似乎偃旗息鼓一般，过起隐居的生活来，不仅平时上课经常迟到缺席，就连寝室也时常终日不见人影。有时来上课也是边听边抱个笔记本电脑，行为举止完全和新生不沾边，倒更像是位商业老板。有趣的是虽然平时上课总是这样，但成绩却还是排得上名次。

这类日常的奇事时间一长，大家也就日渐习以为常了，直到捐资助学事件的爆发，她又再起了波澜。

本届大一新生，除气质女王外，普遍家庭情况都不太好，所以在评选奖学金、助学金的归属上出了极具争议的问题。大一总共有十几名家庭条件严重困难的新生，除了几名困难到拔尖的特困生，无可争议的荣获助学金外，剩下八名困难生要分担剩余的六个名额。在评选时，我们一帮辅导员助理自是尽力为自己所辖班级的同学争取利益，最后经过几轮辩论评选，每人三千元的助学金分别发给了八名学生中相对更困难的六名，而没获奖的两人却都是女王班级的同学。

其实客观来说，事情处理得并没有错，因为大一（二）班困难生比例较高，所以已经有四名学生拿到助学金了，这已经高出了其他班级的平均数，如果再把最后两个名额也给到他们班，估计其他班是不会善罢甘休的。

可问题就出在有的人拿着助学金当天就去买了新

手机，请朋友们一顿好吃好喝，完全没有半点家庭困难的样子。而落选的两人虽然家庭硬条件比他们略好一点点，可努力程度完全不同，这两名同学晚上在同一家咖啡店打工到十点，周末干家教，寒暑假也一起干临工，不是在勤工俭学，就是在勤工俭学的路上，的确可谓贫困生的标杆，可无奈家里没有卧病在床的奶奶，母亲没得偏瘫残疾，也缺一个低能儿的亲哥哥，才与助学金失之交臂。气得两人都变了形，每天顶着双哭肿的眼睛边揉边听课，郁郁寡欢了好几天。

第二个星期，学校突然来了一位不愿透露姓名的年轻人，说自己老板听说学院有两位困难生需要帮助，主动捐资助学一万元，分给两名学生，说完留下一沓现金就要走，在辅导员的再三询问下才勉强留了一个公司的名字。

这件事顿时就像点燃了火药桶，整个学院立马炸开一道汹涌的八卦口子，满世界都开始了寻找金主活动。在两位贫困生感恩戴德之余，大家的眼光自然而然地都集中在了女王身上。虽然她当时矢口否认，但在一位父亲是工商局领导同学的调查下，最终确定了这家捐款公司的法人就是气质女王本人。

自那以后，气质女王的标签就从“富二代”升级到了“企业家”，以后学校无论搞各类活动，比赛，都总少不了她“×××公司亲情赞助”的横幅迎风招展。

再往后，和多数高校辍学的富豪一样，她因为公司业务越来越繁忙，在学校里也日渐罕见到她的身影，到后来仅仅在考试的时候才出现一两次。而最后，她在大二还没完成时就彻底在学校里销声匿迹，传闻是休学去忙创业了。

多数老师感叹多好的一个苗子，但自己拔苗助长了，要是先学有所成再加上自身能力，出来一定是个大才。可气质女王给到更多同学真正冲击的并不是大家臆想她那莫须有的家室和财富，而是一个严肃的问题：大学学的是什么？

是半推半就的学点考试用的知识混学分等毕业，还是像她一样，敢学敢闯学习的是学习能力？或许，不同条件的人有不同的答案，但，若要成就一个创造力丰富的民族，希望大家都不会再问出此问了吧。

才人泼墨显诗画，
匠人巧编仙人发。
凡人但惜碗中膳，
异人自有世外榻。

无音之音

那日在麦当劳餐厅里又遇到他，一头寸发，脸上挺干净整洁，随时挂着灿烂的微笑，见到人也先是微鞠一躬，然后举起个小纸牌，示意别人阅读上面的字。还记得上面的字迹娟秀，收尾稍显锐利的笔锋能看出此人多少是个且愿自强的上进之人，只是当时不知是不是出自他本人之手。原文我已记不清，纸牌上面大意是说：我是一名聋哑人，请伸出您的爱心之手，帮助下我。

在等别人看完后，他又随即拿出一个小钥匙链递到人面前，算是要求对方买下。若是有人问要多少钱，他便会变魔术般，把小纸牌一翻，上写：五元，感谢您的帮助，下面还有两个微信和支付宝的付款二维码，像极了路边乞丐钵碗边也放着个二维码般，甚是有些好笑违和。

那段时间我常在麦当劳里写文案，一杯咖啡一坐一下午，接连好几天都见到这位聋哑男孩，背着书包拿着纸牌前来“上班”，在店员阻止他继续卖东西之前，一般总能收入几十块钱，甚至有人同情心骤起，

姚的房子

还给过他一百的大票，惹得他连连鞠躬。

每次我写文案都习惯坐进最靠里的角落。前几次每当他走到我跟前时，我总是笑着摆摆手，可那一次他转完整个餐厅都似乎没有任何收获，不知他是否记得每次都拒绝他的我，但仍然带着阳光般的微笑走了过来，这次我并没拒绝他，在他拿起纸板的时候，我用手语问他：你是真的聋人吗？

这个问话得稍微说明一二，其实真正的聋哑人，很少会有人自称“聋哑人”，他们一般叫自己“聋人”，因为大家觉得自己虽然说不出完整的句子，但喉咙里能发出咿咿呀呀的声音，也不能称为“哑”，这也许是聋人群体里最底线的一丝尊严吧。

他显然吃了一惊，可能并没有料到能遇到会手语的人，他当然也料不到我有一位聋人妹妹，为了帮助他们做公益，我经常练习到手指抽筋。

但他很快便恢复了镇定，也许早有这个预案，常走夜路总会遇到几个无常鬼。但他并没有接我的问话，微笑着收起纸板，也是轻鞠一躬，转身离去了。不过这倒是激起了我的兴趣，他是真聋人，觉得在同类人面前干这个害羞，还是压根就是装聋人来骗钱的呢？我连忙收拾好东西悄悄在他后面跟了出去。

可惜一路上并无新鲜发现，他始终顾自低着头不紧不慢地前行，似乎在往另一个快餐店走去，跟了一路，就在我快要放弃时，一个机会突然闪现。在一次他想横穿马路时，刚从人行道上走下了快车道，刚迈几步还没来得及转身过街，身后一辆车猛然鸣笛，呵止他挡住了车流，他身体明显抖动了一下，显然是被鸣笛声吓了一跳，随即立马跳上了人行道。汽车在他身后鸣笛，他也没回头，居然能反应过来，这可有趣起来了，我抓贼之心大起，赶忙两步跟了上去。

悄悄跟近了他身后，我喊了声："哎，小伙子，你等一下。"连喊几声，他没有回头搭理，许是平时有此准备，不会轻易搭理人的招呼。我变了一计，喊道："小伙子，喊你半天，你钱掉了！"然后等着他回头，可他也没半点犹豫，仍然顾自走着。这下我急了，心说这人藏得够深啊，怎么钓也不上钩，连紧上前两步抓住了他的书包，喊道："我叫你呢！"

这下他反应过来了，连忙转身，满脸疑惑，可突然一看是我，许是还记得刚才我质问他的话，立即又满脸羞愧。忙掏出个小本子，咬开笔帽唰唰点点写了几个字：您有什么事吗？我一看这笔迹，倒是确有八分像他那小纸牌的字迹，用手语问他：你到底是真聋还是装聋？

他看我又说手语，眉头微微一皱，低头又写：对不起，我不会手语，我没上过特殊学校。

这下倒轮到我一怔了，这小伙子要说是装的，那也装得确实挺像，要说不是装的，可刚才光凭能听见汽车喇叭就说不过去，我掏出手机，打字递给他看：你是真的聋人吗？

他看完拼命点头，像是快要把脑袋点下来，随后猛地脱下书包，吓得我不自主地往后撤了一步，心说这是暴露了要拿凶器灭口吗？他放下书包，伸手在装满钥匙链的包里摸索了半天，拿出一本绿色的小本递给我。小本上赫然几个字，“中华人民共和国残疾人证”。打开一看，扉页有着他的照片和钢印，左边是政府盖章和名字：×××为听力残疾人，再打开一页上写残疾等级：二级。

我飞速用手机打字道：刚才我在你后面，看你好像能听到汽车喇叭声！然后指着证书上，二级残疾等级，质问他。

他扫了一眼，用不慢于我打字的速度写下了一段令我略感羞愧的话：我是二级听力残疾，是勉强可以听见鞭炮、汽车喇叭、狗叫声，但是听不见正常说话声。这么一回想，妹妹的确是最重度的听力残疾，听不见任何声音，所以平时并不觉得聋人还能有听见声音的观念。

我俩就这么聊了起来，为了沟通更方便，我互加了联系方式，看他掏出一个破烂不堪的手机来扫码加好友时，我更是对他的身份信了几分。

他家里还有一个也是聋人的弟弟，只因父母是农村里的表亲，才让他们哥俩都有了如此的命运。小时候家里穷，上不起特殊学校，但好在母亲让他读书，练字，也算没有完全荒废自己，现在工厂不景气，难以靠雇佣残疾人来获取减税，被迫辞退，为了给弟弟凑足上特殊学校的学费，才出此下策，以这种方式挣钱。说完还翻出好些照片来证明此言不虚，分别时，我也给了他一点力所能及的帮助，他激动得热泪盈眶，连连鞠躬。

后来我和妹妹聊起他，妹妹说起类似他这种命运的残疾人并不在少数，没有良好的成长环境，也难有优质的教育背景，背负着残疾人的身份也难以融入社会分工，如妹妹如此考入名牌大学的聋人更是凤毛麟角，而即便这样，踏入社会与人合作也是困难重重。

似乎我们从来没有在他们的角度审视过他们每日背负着何种压力在努力地生活着，不被社会的认同，甚至各种无形的歧视，连开心的笑声也是不完整的。也许大多数人对弱者的乞怜、求关注选择无视，甚至不齿，也许如我一样，因怀疑他们的真实性而拒而远之。

但反过来想，他们能顶着如此被怀疑、被鄙视、被驱赶的压力，仍然为了一个目标努力奋斗着，似乎已经强过我们正常人数倍了。对他们，难道不应该多一份关爱和敬重吗？

一人一道仙，一山一洞天，凡人尽修百态法，善恶且无边。

枫叶红

忽有一天，在秋瑟的大街上，慢跑的卫衣帽里不知何时跳进来一只透红的枫叶。我的心立刻被猛烈撞击了一下，回家打开书柜，翻出一本学生时代的日记，一枚染了书香的枫叶，静静地在眼前燃烧。这片枫叶红艳如火，有五个小小的叶瓣组成，如一只张开的手掌，又像一把小巧玲珑的扇子，更像凤尾鱼的摆尾。边缘有些锯齿，红色的茎纤细而绵长，根根叶脉呈辐射状伸向叶子中心，给人蓬勃之感。

这枚枫叶被我小心地塑封了起来，精巧细腻，玲珑剔透，似个害羞的少女，其实它承载着一个少女情窦初开时朦胧的感觉，纯真如斯……多年过去了，再次拿起它，发觉那红艳艳里流动着一种成熟的美，是经受了风霜历练后的浪漫色彩。

“浔阳江头夜送客，枫叶荻花秋瑟瑟。”忽而想起这首白居易的《琵琶行》，思绪回到了二十三岁那年的春天，我踏上了去广州的火车：我或许有意在躲避，躲避生活带给我的不幸，也借此放松一下自己，这几年来，又学习又当家教，没有真正休息过一天。

列车徐徐启动，站台上看多了离人泪，突然感觉好笑：离别该是一件高兴的事，因为列车会把你带到另一个环境，那个陌生的环境或许能深深刺激麻木的神经，鸡汤常说“心有多远，舞台就有多远”，也许自己的不快乐来自于超负荷的学习和打工，但这有什么关系呢？旅游一趟，将自己的所有郁闷和劳累都打包，丢弃到另一座城市，这样归来后的我，就是脱胎换骨后崭新的自己，如此一来，心里竟然抑制不住高兴起来。

提着不大的背包，往摩肩接踵的硬座车厢里挤去。如此人满为患，也是打工者居多，他们很随意地就地一坐，大包小包填满了几乎每一寸地方，此时哪怕是只老鼠，也万难在缝隙中畅行无阻。好在我天生不算胆怯，一步一句很有礼貌的歉语，半个小时后竟然挤到了车厢中段，看前面依然是黑压压的人群，算了，停止前进。春节后的返工潮的确蔚为壮观，所谓“站票”在民工兄弟手中仅仅是坐地板比座椅稍矮了些罢了。在各种巨大的包裹和人潮中，还能怡然自得地保持站姿，我也偷偷庆幸自己身材过关。可好景不长，没庆幸几个小时，便开始腿根发麻，脚下发疼，心头发苦起来，加上周围各种体味、汗味的熏蒸，头也开始昏沉起来，到最后干脆挤进人群中，任意往别人身上一靠，任凭人群支撑着身体，倒也乐得轻松。

不知过了多久，身边骚动了一阵，有人挤过来，站在我面前东张西望了一会儿，叹口气停下来。这时，我的头就在他脖子下面，我甚至不用抬眼，就看到他深蓝色的西服，灰色的羊毛衫，雪白的衬衣领子，领口处那个蠕动的喉结，我静下心来，听到的不是我的心跳声，而是他的——坚定有力节奏感很强，还有他的鼻息，仿佛就喷在我的头发上，离得太近，他身上有种淡淡的皂香味儿，温和不张扬的气息……从来没有如此和一个人贴得这么近。

我抬头，恰遇他低头，目光相撞的一刹，我心中暗惊，是一张俊朗的脸，两道剑眉像炭笔勾勒，棱角分明，不怒自威。双眼清澈透亮，像玻璃般透明，好一个明眸皓齿。如我般是高耸的鼻梁，唇角颇有点自然向上，透着股油然的自信，头发竟然有些自然微卷。见我看他，微微挑起左边嘴角一笑，我慌乱地躲避他的目光，心中却有几分小鹿乱撞：怎会有一种异样的感觉？我一向是只知道学习的，是那种不开窍的有点自卑的女生啊！会是一见钟情？呸呸，不害臊，我不着边际地胡思乱想起来……

许是这么紧挨着站太无聊，他突然开口说话："放假了？"

"嗯！"

"我回长沙，你去哪里？"

“我，去广州！”

“探亲吧！”

“呵呵！是实习。”就这么打开了话匣子。谈话中得知他是武汉华中理工学院的，再过几个月就毕业了。学理的男孩子我最佩服，话题自然转到学业上，转到文学上……

不敢相信他是学理科的，竟然懂那么多文学知识，幸而在文学方面我还不算弱，他惊叹我的语言表达能力和知识面的宽广。夜已经很深了，列车上的人东倒西歪，站着的人不知何时都蹲坐到了地上，我和他还是面对面站着，他轻轻问：“困吗？”我点点头，又摇摇头，他笑了：“傻丫头，知道你也快撑不住了。”傻丫头，多么熟悉又遥远的称呼，父亲在世时也这么叫过我，可他已经不在人世……一滴眼泪顺着眼角滑落，他惊讶了：“怎么了？”“没有，进灰尘了……”“哈哈，傻丫头，说谎都不会，这车里有灰尘？”我一下子脸红了，幸好车里的灯光微弱，他应该没看到我的窘迫。

正在这时，列车停了，岳阳站到了。旁边座位上的一个人起身，对我说：“我到站了，你坐我的位置吧！”我欣喜若狂，千恩万谢坐下来才知道坐着是件幸福的事，我往里面挤了挤，腾出十来厘米的距离，示意他坐下来，他说不累，自己到长沙就下车了，

“怎么不累！快坐！”我都奇怪自己的语气怎么像下命令，他愣了一下，许是怕我生气，就挨着我坐下来。

这时夜已深，整个车厢里呼噜声已此起彼伏，他说：“你困了，我把肩膀借给你用，睡一会儿。”说实话真的很困，他的目光是真诚的，就不推辞了——“谢谢你！”依着他的左肩，应该说是心脏跳动的地方，那是很沉稳、厚重的心跳声，一下一下的像是在娓娓讲述着他的故事，听着听着就睡着了……

“丫头，我到站了！”耳边轻轻的声音，我从睡梦里睁开眼，哎呀，竟在他的肩头睡了几个小时，而他应该是没睡，眼睛里有血丝，我很歉疚：“真对不起，睡得太贪了。”

“我有个妹妹，跟你差不多。一个人出门，多留意点儿。后会有期！”临下车，他问了我实习的地址。看着他的背影消失在站台，心里竟有些不舍。

旅途因为有了陌生人的关心，竟也如此美妙。在广州黄埔军校及周围景点玩了两天，就去了实习的单位。过了没多久，收到了一封信，一看落款，竟然是他，我也欣喜地回了信……信中互相鼓励，诉说喜怒哀乐，他对我的鼓励成了那段疲惫不堪日子里最亮丽的光彩，我变得开朗起来，时间久了，竟对他生出一些依赖，他在那段时间里仿佛成我生命中不可分割的一部分。虽是情窦初开的时光，却始终保持一种默契：交往无关爱情！

毕业后他到北京航天某部工作了，真替他高兴。最高兴的是，他邀请我去北京香山公园看枫叶。

那年的深秋，是最美好的季节。以至于后来的这么多年里，都不曾有过“悲秋”的感觉。

来接站的他，一身西装，依旧是白衬衣，比两年前更帅了。安顿下来，吃饱喝足后，便到附近转了转，相约第二天去香山公园看枫叶。

香山公园是一座著名的具有皇家园林特色的大型山林公园，园内文物古迹丰富珍贵，亭台楼阁似星辰散布山林之间，位于北京西北郊小西山山脉东麓，距城二十公里。

那天，阳光明媚，金风送爽，来赏枫叶的人络绎不绝。我们一起登上香山的最高峰——香炉峰，向南远眺，只见漫山红遍，层林尽染，好像一块巨幅红色地毯自脚下向南铺展开去，“飞焰欲横天”啊！艳阳下，片片红叶泛着热烈的光泽；秋风中，漫山红云飒飒作响，仿佛在絮絮低语；空气里，花草树木散发出阵阵清香。他看枫叶的眼睛亮亮的，睫毛因为激动微微轻颤，他遥望着远方，像自言自语又像对我说：“我喜欢枫叶的色彩，像烈焰，凝聚着激情，升腾着自信。”我说：“枫叶的色彩，是饱经风霜后才形成了这鲜红的高度。”

他笑看着我说：“好有深度啊！在枫叶落下之前就接住枫叶的人会得到幸运。而能目睹枫叶成千成百落下的人可以在心底许下一个心愿，在将来的某一天就会悄悄实现……”我赶紧走进“红霞”中，伸出双手去接那飘落的枫叶，枫叶伴着秋风旋转着身体，划出最美的弧线，然后轻盈地飘舞，我欢笑着追逐它们，竟然一片都没接到……看我失落的样子，他笑了：“傻丫头，越是拼命追求的东西，越是不易得到。希望越大，失望也越大。”

一阵秋风拂过我的发梢，一片枫叶随风飞舞，似一只疲惫的蝴蝶，缓缓盘旋，亲吻过我的鼻尖，斜落在我俩并着的肩上，我依稀听到枫叶偷笑的声音。他赶紧抓住这枚叶子，对着太阳举起来：红得鲜亮，红得透明。那是一尘不染明镜般的赤子心，诉说着一种赤诚。

“知道我为什么邀请你来看枫叶吗？”

“你知道我爱旅游呗！”

“你是不是有点喜欢我？”他竟单刀直入了。

“啊？”我一下措手不及，我的脸比枫叶还红。

“这也没什么啊！哪个少年不钟情？哪个少女不怀春？你是聪明的丫头，应该知道我们的未来还有很多不确定因素……”

“哦……”其实我也想过，我虽然喜欢他，但若想走到一起，确实有很多难以逾越的“沟坎”

“你还有一年就毕业了，将来想干什么工作？”

“我希望将来能成为一个作家……”我想：没什么伤心的，有这么个哥哥也不错，何必自寻烦恼？如释重负后，谈话轻松多了……

我们漫步在红枫林中，叶红似火，在燃烧着，在跃动着，在旋舞着，一棵棵枫树俨然就是一团团火焰，仿佛是把全部的生命力都燃烧起来，明亮得简直有些刺眼了。走近细看，每一片叶子都有自己的美：有的叶尖稍弯，好像低头诉说着什么；有的整片叶子都卷起来了，好像怕冷而蜷缩在那里；有的两侧微曲，好像双手合十祈祷着什么，更有的整片叶子都舒展开了，好像享受这习习凉风。

放眼四望，香山的红叶除了深沉透彻之外，还另有一种飘逸的美。风过处，枫叶如天女散花般飘落，像一条火红的裙子舞动在山间，让人感受到西班牙女郎的热情和浪漫，我们被枫叶这种像火一样的浪漫吸引了。期待着，从这份浪漫中追寻美好，憧憬着，在惊叹的目光中闪烁辉煌。

从香山归来后不久，我就收到了他的信，打开信笺，里面夹着一枚枫叶，几行题字：

“岁月磨砺，寒霜侵袭，从容如磐，积淀着生命成熟的色彩。愿你如枫，即便凋落得再悲伤，也要学会用浪漫温暖心灵。”

我笑了，其实我懂他的用意：用一颗希望的心迎接明天，用一种优雅的态度浪漫地生活。我将这枚枫叶夹在一本日记中，珍藏起一段纯真的感情，在每个枫叶燃烧的季节，拿出这枚叶子细细端详，默默品味，竟然发现：这枚枫叶已深植于心，成为一支火炬指引着我，去走未来的路。我和他已失去了联系，也没有刻意去寻他，天涯海角，也许非常遥远，但遥远不是距离，一枚枫叶，从枝头坠落到地上，是一瞬也是一生……

那一年走出校门，忽然有种海阔天空的感觉。终于可以在社会中大展拳脚，终于可以在街上牵着喜欢的人过斑马线。终于可以和那些狂朋怪侣，对酒当歌，竞相流连。终于可以独自离家，四海漂泊，天涯无限。仿佛心底那些潮湿的心事都被阳光晾晒一般，爱和恨不再懦弱，哭和笑不用遮掩。

那一刻，就像告别一段长长的时光，走完一段没有山水的长廊。只在顷刻间，提笔画上一个句号，就能结束一个故事。闭眼合上一本书页，就能告别一场青春。转身离开一个地方，就能开始一种生活。

枫叶红至此，一命一相思，片片拭落凡间尘，我心与君知。

青春不负韶华，学海也无涯，伴学识且伴世事，纯情全不查。

憾也憾，罢也罢，一叶朱色留画，

忆往青葱笑谈中，且为今生安榻。

心之如念

爱上是美的，如痴如念，如疾如电，不过总会记住他的好，也记住他的坏。

怀念实则是思念，见则有怨，不见却思现。时而总是想念他的好，就算哭泣心痛，也会默许泪珠垂帘。相遇时你也许会过问他的遭遇磨难，不经意间你已把他挂念。何必悲伤过度，那是因为思念的心飘零孤独。

每个人都会遇见，遇见一个让人回望无期的等待，因为这个等待，让我们有了深深的怀念。不是每一次思念都必有回响，也不是每一次期盼都能有良缘，不知道有多少个画面，让你无从怀念。路过才是你的缘，遇见才是你最温暖的怀念。

许这怀念是你的最爱，许那一世错过了遇见。多少个相思在远方呼唤，窗外的风都能听见。满屋的温柔把漆黑填满，叹息的沉重是抚摸的手指把心事划伤，雨夜里用烛光为你渲染。不安的眼神把伤感避开，是为了让掉落的花少一些感慨。每一个人都会有他无法抗拒的背叛，那些挥之不去的黯淡，怎能收获爱情里浸了夜的烂漫。

你曾言不离，我信得如痴，曾说相守，也乐得笑靥如花，我曾以为很多。

曾经以为，飘扬的花瓣是为了寻找当初的誓言，无归的寒冬里才知道候鸟疲倦，痛楚里向风倾诉的呢喃是流浪的灵魂有了劫难，不知道是该思念还是该怀念。听着这季节变换的旋律，我不明白是谁在主宰快乐和悲伤的存在。

月下朦胧心澎湃，相思何处挂卷帘。多情的相思总会有一些莫名的伤感，那是因为孤寂的依恋看不到边缘，渴望与怀念的人永恒相爱，情缘拂过的是恩恩怨怨。低首回眸才知道相思深，清风送别才知道愁肠断，怀念的日子里总有他的好好坏坏。

天涯海角两不见，日暮落西归期远。怀念是对一个人的感情遇见，就算是遥遥无期，你也会

恒久不变。你会怀念和他在一起的朝朝暮暮，怀念他的无礼，怀念他的孩子气，怀念他对你的温柔，相处的日子总有些难以忘怀。怀念有时候会让人黯然落泪凄凉感伤。怀念那一段时光，怀念那一段在伤感中学会的坚强。怀念让人难忘，怀念使人感伤，怀念很冷也很暖。

落梅风·如念

痴如念，疾如电，不见便顾自不见。默许珠泪竟怜垂，何必飘零无尽怨。

曾不离，应不弃，感日月子午更替。自此海角不冷暖，如念如念奈何弃。

葬　月

静夜，好深，好静。寂寞孤风轻抚着每一颗孤独而潮湿的心，千古之情自自然然。让天下精美优雅的文字汇聚指尖下，心花飞舞，入夜静，一弯冷月葬诗魂。怎奈一夜繁华去，巫山祸起惹纷魂，阴云不散愁千点，却起狂风雨万盆。

抬眼望空去，只看见月光沉沉，淡淡似水，我不清楚会有多少人，多少语言来诠释不同的快乐，但我明白寂寞是一份心情，一份洒脱，如一首流淌的夜曲，让伤感也化作一种优雅的品位。深深地吸一口饱含夜色的冷空气，也许就是诉说着自己的心情，从此染了悲凉与柔情。

独自上路。清秋的寂寞早已被夹入诗卷，愁伤已随落红成泥。轻轻地抹去那一笔笔的忧伤，眼神里，流淌的淡然，不过是一种伪装。因为无法扭转情深缘浅，只是有缘无分，爱和相遇都在一个不对的时间。于是，我选择珍藏那一滴心底的泪，目送毫不知情的你走远，擦肩的心痛，落在了自怜而孤寂的影子里，我只能无奈，因为有一种缘分，永远不会再来。聚时淡然一笑，散去抱膝而歌。情已动，难割舍，而你却不曾看见。

没人看见泪落在疼痛的文字里，一晚的时间又在键盘的敲打中一晃而过，想得越久，泪便流得越多，一个人，不知何时，窗外的天空飘起了蒙蒙的细雨，以后的日子，我都要在痛苦的日子中度过，愁怨重叠，哀怨与思念侵袭我的时候，那些清澈的过去早已被时间砸碎，化成只言片语平息着我心中的每个伤口。

风色，凄凄地蒙着烟雨的幕褶，站在浩渺无尽的彼岸，站在旷垠无边的彼端——任思念潮涨，任思绪泛滥，溢漫过那如秋如幻的荒野；溢漫过那冰之冬冷的长河。想尽览沿途无尽的风景，从冷漠到开怀，从疼爱到伤害，从灿烂到苍白，从感动到悲哀，这其中莫名的空渺与难言，身前身后的事都异常虚幻，想说出因果却又怕心情忧伤。人生只似风絮，欢也零星，悲也零星，只作连江点点萍。

记忆在风针扎破的空隙中释放，心中那道伤痕又隐隐作痛。季节流转，时间像没有表情的水一样，而青春仿佛一块湿淋淋的毛巾，只轻轻一拧，就所剩无几了。心都隐藏着无声的伤痛，疲惫而厌倦。怨只怨这支笨拙的笔，无法描出你在想象中的完整的身影，是雨冷，而霜后的也不只是我的心。掩面成泣，心思成尘。宁自己成遗世的孤雁飘零，伤逝如我……

原谅我此番落笔成怨，原谅这笔尖不争气地颤抖，抖不尽那屡屡行行的不甘，淌不完这风残的清泪。别了，一股相思，不知是苦还是甜，别了，一段相知，不知是因还是缘。只愿金风玉露一相逢，便胜却人间无数。

鹊桥仙·葬月

孤灯一盏，枕寒难眠，冷月惶惶万里。前人掠影拂袖去，抱膝歌，落红成泥。

愁怨重叠，欢也零星，悲也顾自侵袭。但作连江点点萍，还道是，相思成疾。

独 行

我走了，每个午后，阳光还是会从错开的门缝挤进来，可是再也温暖不了那个曾经。

那一年，花谢深秋，雨打黄昏，我一个人。

那一年，人潮拥挤，擦肩而过，我一个人。

那一年，染指寂寞，陪伴孤独，我一个人。

那一年，梦里落花，醒来秋凉，我一个人。

犹记得，青春在风雨里转身，我踩过落叶的风程，渐行渐远的背影在夏末秋凉里渐渐清冷。回首望去，说好在原地等我的人，早已输给了当时的年轻气盛！

若时光再次倾城，我也不会再那么认真，半掩相思的重门，我宁愿在缘分的渡口枯等，只为确认一个对的眼神。多想度一次书卷里的红尘，做一个不贪恋繁华的世人，如果告别那喧嚣的过往，我是否就可以得到重生？

是的，我想重生，回到当初的时空里。等花开，看月明，数星星，不再错过，不再匆匆。

如果说每个人都是为了赶赴一场千年的相遇而来

到世上，那么相遇之后便可安然地度过流年才是。何苦这般聚散匆匆，悲欢离合。何苦这般若即若离，患得患失。何苦这般误了年华，虚度时光。

时光倾斜，容颜易谢。这种稍纵即逝让人措手不及，后知后觉更是让人防不胜防。可流年分明是无色无味的，而它却给了我们不一样的感觉和意义，不管它给你带来多少声色，都会成为过去。

往事如烟，旧梦难寻。我只想说，你若安好，便是晴天，就是我内心最大的默念。

不管曾经如何，纵使一切都错过了，那又怎样？纵使一切都离去了，那又如何？昨日之日不可留，庆幸的是，至少我们还有回忆，我们还可以写自己的故事，继续想自己的结局。岁月静好，我就晴天，每个人都不必为了错过和失去而遗憾，真正的遗憾是无法弥补的。因为时光不再，就算重来也没有了意

义，想太多，只会神伤而已。

一个人，人的一生其实更多时候都是一个人，一个人在最美的年华里却没有好好地疼爱自己，相信自己，鼓励自己，完善自己，还有谁会爱自己呢？还有谁会珍惜自己呢？因为自己不懂珍惜，总用自己的回忆，活在别人的故事里。把自己的相思想成别人的结局，镜里看花，水中捞月。

那就告别过去吧，再见时光吧！一个人也可以看布达拉宫的日落，一个人也可以看千古明月的圆缺，一个人也可以看陌上花开，天边斜阳。

流年安详，岁月静好，我们却会一点一点老去，从离开学校完全自由的那一刻起，也许我们早已变得更不自由。所以，明天是好是坏，我们都身不由已，凡事全凭一颗心。

一个人，风雨兼程，踽踽独行。

如梦令·独行

相思枕边清苦。奈何风吹归去。玉瓦也成泥，烟尘所往何处。莫提。莫提。独行时光风雨。

【诗词】

祝友新婚

落红即非红，引来玉金童，
一捧仙泉情意满，暖意万千重。
君柔妾亦柔，思君不思愁，
半句蜜语流入耳，爱增万千楼。
爱巢新楼起，暖中添新喜，
明日朝阳更金红，我中万千你。

解语盼

梦回及笄未见愁，
愁思哪上楼，
楼阁曲转十八层，
层层望穿眸。
眸回恋，
恋难断，
断舍离，
离人盼。
盼得春芽蔓，
蔓绕闺帐薄锦色，
色晕绣幔画新盼。
盼得金日晖，
晖洒粉黛扑鬓腮，
腮软一人吹，
吹得青丝断，
断念不相思，
思物还复盼。
盼得涓流润物长，
长思长情长念。

阳朔遇龙

阳十泼洒世留芳，
朔里墨香外恋庄。
遇画山人桃幽处，
龙廊水间源谷江。

玉姑临凡

白玉仙姑御临凡，凡间采洒黄金穗。
春风携来玲珑香，香抚漫野百鸟醉。
驹隙不及揽一缕，缕缕行行点乡意。
且诗且画人难辨，辨得娇女画中缀。

一场同学会

素岭千秋雪，遥感如冬寒，
与君隔空话天地，是曾同车銮。
寒露雁南飞，雨水凤北返，
殊途未有会面时，也似在屋檐。
霸王画江山，虞姬舞袖繁，
江山舞袖今朝胜，也盼效千年。

知　礼

雾不语云不言，下自成风书自翻，
蜡不点灯不燃，夜读春秋目识宽。
古来未有客做主，虚左才是伦常宴，
非礼勿视且勿听，绅礼习得君子面。

劝书

卷里细文柔，如酒难离喉，万卷胜却胭脂粉，妆易净卸愁。

窗烛影影起，金玉生书里，华表哪曾因衣装，珠发素蚌底。

开卷益，开卷益，朝发华容气。

染墨沁笔成于胸，润发神采裨。

春 盼

朱粉翠彩画，素色胭脂姹，十里亭外赏山河，处处莺莺恰恰。

废袋巧作红，碧纸难入笼，怎知墨彩如此调，泪眼一片朦胧。

春盼春，好个春，岂令愚众智昏。

所盼春彩皆芳华，还我净秀乾坤。

酒间叹

曜阳载道酒旗风，欢喜洒得人世中，
未了情愫三两三，何必独挂歪脖松。

无语娘，赶考郎，未眷情人两茫茫，
摘星揽月任君游，十年不仕未曾愁。

修得颠僧世事点化万物通，

百年渡，千年功，一点醉，万皆空。

孤冬寒影

漫漫楼台浸雪中，翩翩细雨当空，莹莹凝脂吹弹破，涓涓冰河向东。

凄凄朱色紧，点点疼惊醒，茫茫前程好个凉，榻前不见影。

又是凌冬至，炉火一青一赤，愿得世间安泰法，今冬皆如是。

感恩天地

感念高堂命，一饭一食幸，
恩泽兄姊情，一礼一让明。
天几宽，我非仙，
地载厚，我非豆，
崇此恩德全由人，当谢亲友托盆。
敬得一杯父母，千恩是您属，
万滴尽饮友故，瑕窦皆您补，
物语难言一字谢，我长贵人辅。

念奴娇·两情朝暮

见字如面，坠情河绵长，甘之如蜜。一语道得心柔处，暖浸一天情义。玉宇琼楼，乘鸾来去，人似在仙境。浓情且留，伴君鬓唇弥弥。

我盼佳音渐来，举信笑靥，行间尽是喜。起舞徘徊风露下，今夕不知何夕！便欲乘风，翻然且去，何用骑鹏翼？樱桃树下，一曲心舞为你。

念奴娇·惊梦

彩花千束，霓虹乱，纱摆婷婷信步。繁花独你，挎揽腕，好个万众瞩目。贺彩满堂，欢赞雷鸣，羞涩蜜中月。此景如画，梦影多少重叠。

幻想此情千许，痴情伴君蜜，不舍离别。镜花水月，染指间，梦景一触幻灭。可叹神游，怎奈天笑我，只允醉愿。人生如梦，了难解此心结。

抚仙湖

半盏香茗漫抚仙，仙鹚相赏舞翩翩。
翩翠山湖点点醉，醉在画中夫妻仙。
仙妻巧织金绫罗，罗夫熟耕千顷田。
田中也有相思树，树端也有福寿钱。
钱不可数无可重，重在此情尽流连。

早春踏

春风一度满枝红，
百媚俏玲珑。
多少香墨染花乱，
几许词间草丛，
半枝柳翠新绿。
一曲水镜相逢，
金雀衔回枝头缘，
人间一片欣荣。

水墨画廊

钟鼎遥闻十万户，户里百万家，
山间缀秀千万朵，朵朵皆繁花，
百闻世人皆隐仙，仙宿云至此，
里间且若嫦娥漫，漫舞着轻纱。
水调波转月光镜，镜湖映扁舟，
墨洒林中点枯木，枯木生枝芽，
画外自有画外星，星罗布洞天，
廊中也藏廊中美，美人且寻她。

重阳思

重阳重重阳，彷徨彷彷徨，
身留异乡心似归，思情换作忙，
乡是念故乡，挚友衬身帮，
此间真情化为家，便作是心乡。
朝露挂素霜，秀颊映霞光，
金辉刚洒新苗坡，我辈使满仓。

金庸赞

如是月宫的仙，
如是文界的天，
如是以您之名的金庸星，
如是这累累鸿篇。
隐于名门世家不显，
肩负功勋要职不言，
携领十五万万中华儿女文武情，
汇成百世芳名流连。
聚散不应在今时，
再晚十年也不迟，
可否再求您一笔，
只求一点点。

乡 思

水长长，路迢迢，
明月千里思尽遥。
云间鸿雀相伴还，
母翩翩，子夭夭。
大雁庇，小雁嚎，
天伦尽与外人瞧。
人间但盼情如许，
岁岁两地面，
一见泪如潮。
弱水之隔为学路，
万里求得天地薄。
愿取此间一瓢水，
堂上茗茶慰母劳。

我心胡杨

心中有一种姿态
是弯曲的昂扬
仰望
那是千年的胡杨
对峙戈壁荒凉
干枯也有傲然的力量
在黑暗里
饱含不朽的思想
因为
它能读懂精神里的光芒

心中有一种姿态
是岁月的沧桑
遥望
那是不倒的胡杨
兀伸梦想
一直通向远方
孤寂百年
却不见一点凄怆
因为
它见证了风沙的轻狂

心中有一种姿态
是万古流芳
传说
那是沙漠的胡杨
西风残阳
肆虐中逆境图强
挺立悲壮
风骨里透着无比的坚强
因为
被人传扬就要饱经风霜

心中有一种姿态

是坚韧对抗
羌笛声声
那是驿站荒凉中
自强的胡杨
繁华隐去
世态沧桑
在残垣断壁的废墟里
书写着不老的华章
因为
屹立就要禁得住蛮荒

心中有一种姿态
是生命的脊梁
有立而不倒的希望
是倒而不朽的豪放
灵魂的精神不会停止生长
宁死不屈
桀骜嚣张
平凡里有铁骨铮铮的洪荒
沧桑中有远古的玄黄
因为
它传承着历史和文明的辉煌

明日时光

晨光敲开心窗
却无飞雪的窗外
在梦醒时凝成一支红妆
卷入我的时光
品尝一盏冬的余味
淡淡飘去
落在心间的惆怅

几分落寞
走过的回忆
在昨夜梦里融化
迷醉风月陶醉的晨曦
一缕划破旧时光
独临山巅
任记忆在山峦间行走

滚烫的心在溪水里流淌
盈满斑驳的碎影
丝丝牵念

在岁月里悄无声息
却如飞雪，没有痕迹
落了一地季节沧桑

五彩的晨曦
渲染了人生的画廊
勾勒时光牵梦的憧憬
悄悄地来
悄悄地去
一页页翻开红尘旧梦

关上窗
将纷飞情绪一一推却
只留一盏浓香的情怀
品一缕清茶
一路回忆
洗去满脸睡意
掬一把回忆的清香
闭目品尝
如梦时光

后　记

小女子才疏学浅，劣游过几国，浅历过几地，加之友人鼓舞，遂成此书，不敢妄谈阔论，仅以粗鄙眼界略陈些拙见。

自觉才学不及大家之万一，此生慕如三毛、余秋雨般，行之所处，笔之所染。愿用余生之力，身体力行，绘出诗与远方。

言至诗词，小女心之所向，虽文采索然，但胜在好古敏求，以抒胸臆，愿能以此书，唤起众客共鸣。